白馬の騎手

Der Schimmelreiter Theodor Storm

RONSO collection

テオドール・シュトルム 作

高橋 文子 訳

論創社

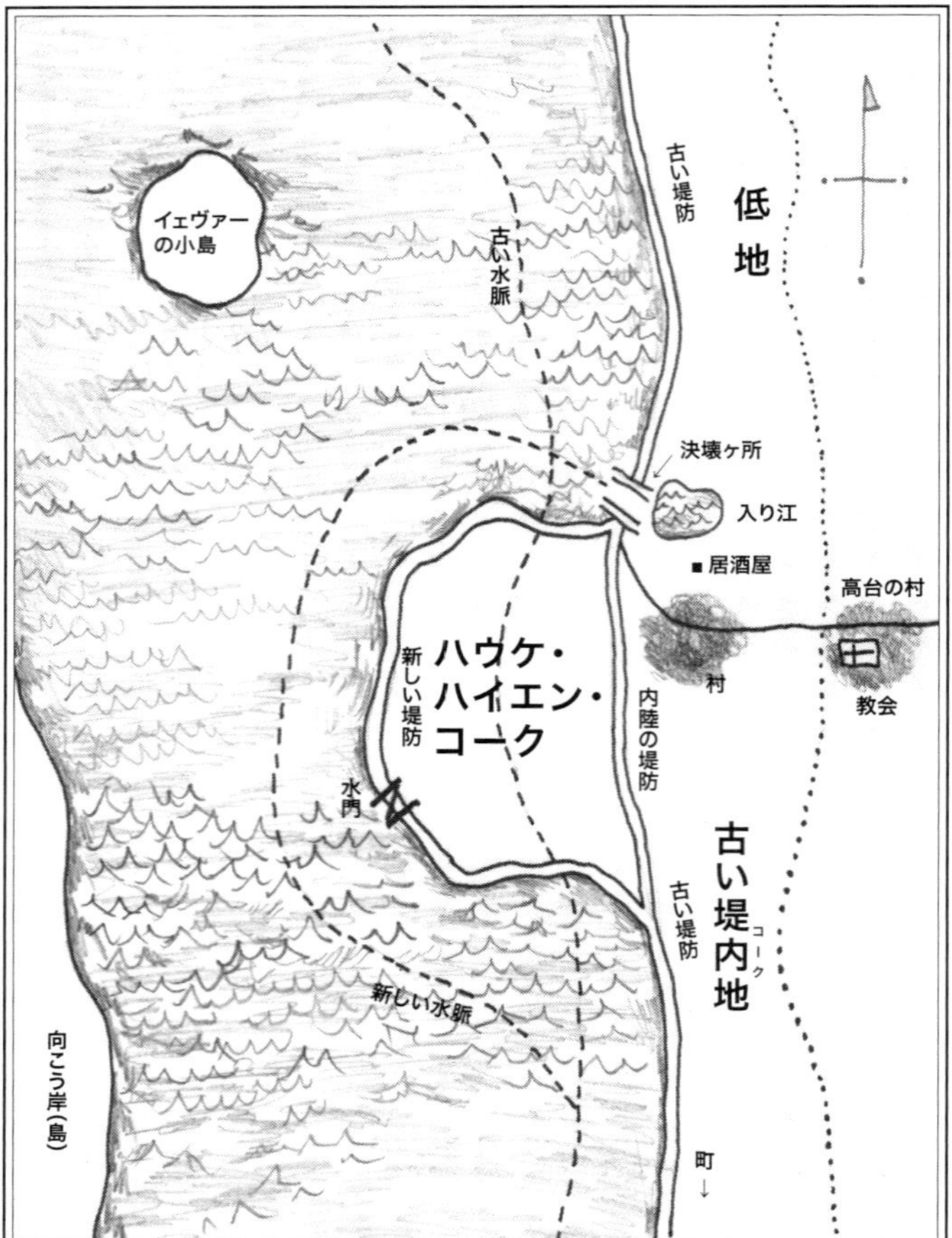
イェヴァーの小島
古い水脈
古い堤防
低地
決壊ヶ所
入り江
居酒屋
高台の村
ハウケ・ハイエン・コーク
新しい堤防
村
教会
内陸の堤防
水門
古い堤防
古い堤内地《コーク》
新しい水脈
向こう岸(島)
町↓

これから伝えようと思う話は、優に半世紀も昔、曾祖母である老フェッダーセン参事夫人の家で、彼女の安楽椅子の傍らに座り込み、青い厚紙で綴《と》じられた雑誌を読みふけっていた時に出会ったものである。それが『ライプツィヒ撰集』だったか、『パッペのハンブルク撰集』だったかは、もう思い出せない。八十を越えた老女の優しい手が、時折り曾孫《ひまご》の髪を愛しげに撫ぜたその感触が、いまだに震えるごとく残っている。曾祖母も、そしてあの時代も、もうとっくに世を去ってしまった。あれから、あの雑誌を探してみたが無駄だった。だから、この物語が事実であると保証することもできないし、誰かが反論したとしても、擁護《ようご》するすべもない。ただ、この物語はあの時以来、再び心に呼び覚されるような機会はなかったにもかかわらず、私の記憶から消えたことは決してなかったということだけは確かだ。

それは今世紀の三十年代、ある十月の午後のことだった――と、あの時の語り手は物語を始めていた――私は激しい嵐のなか、北フリースラント地方のとある堤防にそって馬を走らせていた。左手には、もう一時間も前から、家畜を駆り集めたあとの荒漠《こうばく》たる低地ばかりが続き、右手には北海の浅瀬がひやりとするほど身近に打ち寄せていた。堤防からは砂州《さす》や島々が望まれるはずなのに、私に見えるのは黄色みを帯びた灰色の波ばかり、それが絶え間なく、吼《ほ》え猛るがごとく、堤防を打ち上がってきて、時折り私と馬とに汚れた泡を吹き付けるのだった。その彼方には、天とも地ともつかない鬱然《うつぜん》とした暗がり。今まさに天頂にかかった半月も、流れ行く雲の影にかき消されてばかりだった。凍えるような寒さで、こわばった手に手綱を持つのもつらく、鳥や鷗《かもめ》が喘《あえ》ぎ、鳴き立てながら次々に陸地へと吹き飛ばされてゆくのも無理はなかった。夕闇が押し寄せ、もう自分の馬の蹄《ひづめ》さえ、確かには見えなくなってきた。人っ子ひとり見当たらず、聞こえるのは私と忠実な牝馬を長い翼でかすめんばかりにして流されてゆく鳥たちの叫びと、荒れ狂う風と、水の音ばかり。正直なところ、安全な家にいたらよかったと度々思わずにはいられなかった。

この嵐も、もう三日目だ。私は、特に親しい親戚が北の果ての村に持っている農場に、あまりに長居をし過ぎていたところだった。しかし今日はもう引き留められるわけにいかなかった。ここから南にまだ数時間はかかる町に、用事があったのだ。従兄とそのやさしい妻は言葉を尽くして引きとめたし、その家で採れるペリネットとかグラン・リシャールとかの見事な林檎はまだ試食していなかったけれど、午後には馬で出発してきたのだ。《まあ見てろ、海に着いてごらんよ》と彼は戸口から追いかけるように叫んだ、《そしたら帰りたくなるさ。部屋は取っておくからな！》

実際、黒い雲の層がかかって、身のまわりに漆黒《しっこく》の闇がたれこめ、と同時に暴風がうなりを上げて私を馬もろとも堤防から吹き落そうとしたときには、一瞬こんな考えが頭をよぎった。《馬鹿な真似はやめよう！　引き返して、みんなと一緒に、暖かい部屋にもぐりこむんだ。》しかし、帰る道は目的地への道よりも長いだろうということに気が付いた。そこで私は馬を速歩で歩かせ、マントの襟を耳まで引き上げた。

すると、堤防の上を向かって来るものがあった。何も聞こえないが、半月が微かな光を投げかけるたび、次第にはっきりと、黒っぽい姿が見えるようだ、そしてすぐ、近くまで来て、見えた、馬に乗っている、足の長い、痩せた白馬だ。黒っぽいマントが肩からはためき、すれちがいざまに、青白い顔から燃えるようなふたつの目が私を見据える。

誰だ？　何のつもりだ？　――そこで気付いた、蹄の音も、馬の喘ぎも、聞こえなかったではないか、馬も乗り手も触れるようにして抜けて行ったのに！
そう考えながらも私は進んで行ったが、長く考えている暇はなかった。そのものは、また後ろから通り越して行った。はためくマントに撫でられたような気がしたが、一度目と同じく、音もなく駆けてゆく。そして遠く、もっと遠くに姿が見え、突然、その影が堤防の内側を下りてゆくかに見えた。

　ややためらいながら、私は後に続いた。その場所に着くと、下の、堤防のすぐ傍らに、大きな入り江の水が光っているのが見えた。――入り江というのは、高潮のときに陸に食い込んだ水が、大概は小さいが底深い水溜りとなって残っているのをこのあたりでそう呼ぶのである。

　その水は、堤防に守られていることを考えても、不思議なほど静まっていた。あの馬の乗り手が水を濁したとは思われなかった。彼の姿はどこにもなかった。しかし目に入ってきた別の光景を、私は喜び迎えた。眼下に広がる堤内地《コーク》から、散らばった明かりが私の方へと柔らかな光を放っていたのだ。それは高く低く積まれた土手の上に、ぽつぽつと立っているフリースラント風の細長い家々であるらしかった。私のすぐ目の前、堤防の内側を半分ほど下りたところにそういった造りの大きな家があり、南側の、玄関の右手にある窓はどれも明るかった。その向こうに人がいて、嵐にもかかわらずその声が聞こえるように思われた。私の馬は自分からもう堤防を下りて、その家の玄関へと続く道を進んでいた。それは居酒屋だとわかった。というのも、窓の外にいわゆる棒があったからで、これは二台の足に梁《はり》を渡し、大きな鉄の環をつけて、休息する牛や馬をつないでおけるようにしたものである。

その環のひとつに自分の馬をつないで、家に入ると廊下に出てきた下男に世話を頼んだ。《集会ですか》と私は尋ねた。部屋の入り口から、人々の声やグラスの鳴る音などがもれてきたからだ。

《まあ、そんなもんで》と下男は低地ドイツ語で答えた――後から聞いたところによると、この方言はフリースラント語に並んで、もう百年以上も前からこのあたりで使われているということだった――《堤防監督と、委員さんたち、他の関係者も何人か来てます。水が高いんで！》

部屋に入ってみると、十数人ほどの男たちが窓にそって伸びたテーブルに集まっていた。その上にはプンシュ酒を入れたボウルが乗っていて、特に立派な風采の男が主人役をつとめている様子だった。
私が挨拶をして、一緒に座ってもよろしいですかと尋ねると、快く迎えられた。《見張りをなさっているんですね！》と私はその立派なひとに向かって言った、《ひどい嵐ですから、堤防も大変でしょう！》
《確かに》と彼は答えた、《でも、私たちのいる東側は、もう危機を脱したと考えているところです。ただ、向こう岸は安全ではありません、まだ古い型の堤防ばかりで。こちらの大堤防はもう前世紀に造りかえたのですが。――さっき、私たちは外ですっかり冷え切ってしまいまして、あなたも》と彼は言い添えた、《きっとそうでしょう。でも、私たちはあと何時間か、ここで待っていなくてはならないのです。しっかりした人たちが外で見張っていて、何かあれば報告してくれるので。》その間にもう、店の主人に注文するより先に、湯気の立つグラスが私の前に置かれていた。
隣に座っている親切な人が堤防監督だと、やがてわかった。彼と話し込んでいるうちに、私は堤防の上で不思議なものに出会ったと語り始めた。彼は注意深くなり、私は急に、まわりのがやがやとした話し声が静まったのに気付いた。《白馬の騎手だ！》とひとりが叫び、驚愕《きょうがく》が他の人びとにのり移っていった。

堤防監督は立ち上がった。《恐れる必要はない》と彼は集まった人びとに語りかけた、《私たちのことだとは限らない。一七年には、あちら側の人たちのことだったではないか。あの人たちが、何が来てもいいように覚悟してくれていればいいのだが！》

私はじわじわとした戦慄《せんりつ》に襲われていた。《あの！》と私は言った、《白馬の騎手って、何のことですか。》

皆から離れて、小柄で痩せた男がひとり、暖炉の向こうに背を少し丸め、擦り切れた黒いコートを着て座っていた。片方の肩が少し盛り上がっているようだった。これまで他の人たちの会話にはひと言も口を挟んでいなかったのだが、髪の毛は灰色で乏しいというのに濃い睫《まつげ》に縁取られた目は、ここに居眠りをしに来たのではないことを語っていた。

この男に向かって堤防監督は手を伸ばした。《うちの学校の先生が》と彼は声を高めて言った、《ここにいる誰よりも上手にお話しできると思います。ただ、先生なりの話

しかたでですが。うちの年取った家政婦のアンチェ・フォルマースみたいにしっくりとはきませんがね。》

《ご冗談でしょう、堤防監督！》と、暖炉の向こうから学校の先生の病弱そうな声がした、《あんな馬鹿ながみがみ婆さんを私と並べる気ですか！》

《わかったわかった、先生！》他のひとりが答えた、《でも、がみがみ婆さんたちこそ、こういう話をしっかりしまい込んでるものだよ！》

《そうでしょうとも！》と小柄な紳士は言った、《この点では、あまり意見が一致しないようですがね。》そして優越の笑みが繊細な顔立ちをよぎった。

《おわかりでしょう》と堤防監督は私の耳にささやいた、《あの人は、まだちょっと高慢なところがありましてね。若いとき、神学を勉強していたのですが、婚約が上手くいかなかったとかいうだけで、故郷に帰って学校の先生になったきりなんですよ。》

そうこうするうちに先生は暖炉の隅から出てきて、長いテーブルの、私の隣に腰掛けた。《話してください、ね、話してくださいよ、先生！》と、集まった中でも若い人たちが声をあげた。

《ええ、まあ》と老人は私に向かって言った、《喜んでお話しますがね、迷信がたくさん紛れ込んでいて、それを抜きにして話すのは至難の技なんですよ。》

《どうか抜きにしないでください》と私は言った、《麦と籾殻《もみがら》は、自分で選り分けますから、信用してください！》

老人は了解の微笑を浮かべて私を見つめた。《じゃあ、始めましょう！》と彼は言った。《前世紀の半ば、精確に言えば、その半ば前後に、ここにはひとりの堤防監督がいて、この人は堤防とか水門とかいったことに関しては、ふつう農夫や地主が知っている以上の知識がありました。でもそれだけでは足りなかったはずです、学問をした専門家の書いたものなんか、ほとんど読んでいなかったのですから。この人の知識は、子供の時からの積み重ねとはいえ、自分で思いついただけのものだったのです。フリースラント人は計算が上手だって、あなた、聞いたことがおありでしょう、それに、我らがファーレトフトのハンス・モムゼンのことも聞いていますね。農夫でありながら、羅針盤や経線儀、望遠鏡にオルガンまで作ることができたのです。さて、後に堤防監督となった人の父親も、ちょうどこんなような人でした。まあ、ひと回り小さくはありましたがね。その人は低地に少しばかり土地があって、油菜や豆を育て、一頭の牝牛もいて、秋と春には土地の測量に出かけ、冬に北西の風が鎧戸《よろいど》を揺さぶる頃には部屋に座って製図の筆を動かしていました。少年はたいてい父親のそばに座って、教科書や聖書ごしに、父親が測ったり計算したりしているのを眺め、ブロンドの髪に手をつっこんでいました。ある夜、少年は父親に、今書き込んだところはなぜそうなるのであって、違っていてはいけないのか、と尋ね、自分の意見を並べました。父親は、答えることができなかったので、頭を振って言いました、「それは教えてあげられない。これはこうと決まっていて、おまえの言うのは間違いだとしか、言えない。もしもっと知りたければ、明日、屋根裏にある木箱から本を探しておいで、ユークリッドというひとの書いた本だ、それを読めばわかるだろう！」

――少年は次の日、屋根裏に駆け上って、その本をすぐに見つけた。家中に本はあまりたくさんはなかったからだ。しかし少年が父親の前の机に本を乗せると、父親は笑った。それはオランダ語のユークリッドで、オランダ語は、半分ドイツ語のようでも、ふたりとも読めなかったから。「ああ、そうか」と父親は言った、「それは私のお父さんの本だ。お父さんは読めたからね。ドイツ語の本はなかったのかい？」

無口な少年は父親を静かに見つめ、ただ「取っておいていい？　ドイツ語のはなかったよ。」と言った。老人がうなずくと、少年はもう一冊、破れかけた小さな本を差し出した。

「これも？」ともう一度尋ねる。

「両方、取っておおき！」とテーデ・ハイエンは言った。「たいして役に立ちそうもないが。」

しかし二冊目の本はオランダ語の文法書で、冬もまだまだ長かったので、充分少年の役に立ち、庭のすぐりがやっと花咲くころには、そのころ盛んに学ばれていたユークリッドが大概わかるようになっていた。

ちゃんと知っていますよ》と語り手は話を止めて言った、《この同じことが、ハンス・モムゼンの話として伝わっていますね。でも、彼の生まれる前から、このことはハウケ・ハイエンの――というのが少年の名前なのですが――そのひとの話としてこの辺りに伝わっていたのです。偉大な人物が現れると、その先駆けとなった人たちが嘘か本当か知らないがやったと言われていること全部が、その人物に押し付けられるものなのです、おわかりですね。

父親は息子が牛にも羊にも関心を示さず、豆の花が咲いても、低地に住む他の人々ならみな胸躍らせるのに、目もくれないのを見て、自分の小さな土地が、農夫ひとりと息子ひとりではなんとか保てても、生半可な学者と下男とでは立ち行かないだろうと先を見越した。それに、自分だってあまり運は良くなかったことを思い、大きくなった少年を堤防に送って、他の労働者たちと一緒に復活祭から聖マルティン祭まで土運びの仕事をさせた。「これでユークリッドも治るだろう。」と彼はつぶやいた。

少年は土運びにいそしんだ。でも、ユークリッドはいつでもポケットに入れていて、労働者たちが午前に午後に一休みしてものを食べるあいだ、少年は本を手に、ひっくり返した台車に座っているのだった。そして秋になり、潮が上がって、仕事を休止しなければならないようなときには、皆と一緒に家には帰らず、膝の上に手をのせて、堤防の海へと傾斜した側に座り、濁った北海の波が草のはげた堤防に段々と高く打ち当たるさまを何時間も眺めていた。足が波に洗われ、顔に波しぶきがかかると、やっと彼は何フィートかずり上がって、また座り込むのだ。彼は水の打つ音も聞かず、鷗や水鳥たちが叫ぶのも聞いてはいなかった。鳥たちは彼の上に周りに、黒い目で彼の目に鋭く光を投げ込みながら、翼でかすめるように飛んでいた。少年は広漠たる水の荒野に夜のとばりが降りるのも見ていなかった。彼が見ていたのはただ、さかまく水の縁《ふち》、上げ潮となれば堤防の同じ箇所を何度でも激しく打ち、目の前で草の覆いを洗い流してゆく水の襞《ひだ》だった。

いつまでも眺めたあとで、少年はゆっくりと頷いたり、目を上げずに手で空中に柔らかな線を描いたりした。堤防にもっとなだらかな傾斜を与えようとするかのように。地上のすべてのものが目前からかき消え、ただ波ばかりが聞こえるほど暗くなると、彼は立ち上がり、半ば濡れそぼって家へと歩くのだった。

ある夜、彼がまたそんな様子で父の家に入ると、測量の道具を磨いていた父親は飛び上がって言った、「外で何をしているんだ？　溺れたかもしれないじゃないか。今日は水が堤防に嚙み付いてるよ。」

ハウケは父を反抗的な目で見つめた。

——「聞こえないのか？　溺れたかもしれない、って言ってるだろう！」

「うん」とハウケは言った、「でも溺れなかったよ！」

「そうだな」と父親はしばらく間を置いて答え、魂が抜けたように少年の顔に見入った、「今日はまだ溺れなかった。」

「でも」とハウケはまた言った、「ここの堤防は役立たずだ！」

――「何だって？」

「堤防だよ！」

――「堤防が何だって？」

「役に立たないよ、お父さん！」とハウケは答えた。

父親は少年を笑い飛ばした。「何だと、おまえ？　リューベックの神童にでもなったつもりかい！」

しかし少年はぐらかされなかった。「海に向いたほうの斜面がきつ過ぎるんだ」と彼は言った、「昔何度も来たようなのが、また来たら、堤防のこっち側にいても溺れるんだ！」

父親はポケットから噛み煙草を取り出し、ひとひねりして、歯の裏に突っ込んだ。「で、今日は土を何杯運んだんだい？」と彼はむっつりとして尋ねた。堤防で働いても、頭を働かせるのは止めさせられなかったと見て取ったからだ。

「知らないよ、お父さん」と息子は答えた、「他のひとと同じくらいかな。もしかしたら、五、六杯多かったかもしれない。でも──堤防は変えないと！」

「まあ」と父親は言いながら笑い声を立てた、「おまえも堤防監督になれるかもしれないし、そうしたら造りかえたらいいだろう！」

「そうだね、お父さん！」と少年は答えた。

老人は彼を見つめ、幾度か唾を飲み込んだ。そしてドアから出て行った。少年に何と答えたらいいのか、わからなかったのだ。

十月の末に堤防の工事が終わっても、北の広い海のほうにまで歩いて行くのが、ハウケ・ハイエンにとっては何よりの楽しみだった。万聖節《ばんせいせつ》の日、この日をめぐってはは彼岸風《ひがんかぜ》という嵐がよく吹き荒れるので、フリースラントでは嘆きの日と言っていいのだが、ハウケはこの日を今の子供たちがクリスマスを待つようにして待ち焦がれていた。

大潮が来るともなれば、嵐にも雨にも構わず、きっとハウケは遠くの堤防にぽつんとひとり、座っているのだった。そして鷗が騒ぎ、水が堤防に押し寄せ、波の引き際に草の覆いを大きく引きちぎって海に持ち去るとき、ハウケのいまいましげな笑いが聞こえたかもしれない。「おまえたちは、何もできやしない」と彼は轟音《ごうおん》に向かって叫んだ、「人間だって、何もできないが!」そしてやっと、たびたび真っ暗になってから、荒涼たる景色から堤防を伝って家へと歩き、すらりと伸びた姿で父の家の藁屋根にたどり着き、低い扉をくぐって小さな部屋に入って行くのだった。

時折り彼は、握りこぶしほどの粘土を持って帰った。そして父の傍らに腰を下ろすと、父も今では何も言わなかった。獣脂《じゅうし》ろうそくの細々とした光で様々な堤防の模型をこね、水の入った平らな器に据えて、波の洗う様子を真似たり、石版を取って自分でこうと思うように堤防の海側の断面図を描いたりしていた。

一緒に学校に行った仲間とつきあうなどとは思いもつかなかったし、彼らのほうでも夢想家の彼とは縁がないといった風だった。また冬になり、冷気が押し寄せてから、彼は堤防の上をこれまで行ったことがないほど遠くまで歩き、氷に覆われた浅瀬が見果てず広がっているのを目の当たりにした。

二月のしきりと寒いころ、水死体がいくつか流れ寄ったことがあった。向こうの、開けた海の縁の凍った浅瀬に上がっていたのだった。それを村へと運びいれるとき一緒にいた若い女が、ハイエン老人のところで立ち話の足を止めた。「人間らしくなんて見えないのよ」と彼女は言った、「とんでもない、まるで海坊主みたいよ！　頭がこんなに大きくて」と彼女はぱっと広げた両手を引き離して見せ、「黒々として、膨れ上がっているの、焼きたてのパンみたいに！　それに蟹に齧《かじ》られてて、それを見た子供たちが泣き叫んで！」

ハイエン老人にはそんなことは珍しくもなかった。「多分、十一月から海を漂っていたんでしょうな！」と彼は平静に答えた。

ハウケはその傍らに黙って立っていた。しかし機会を見つけるやいなや、堤防に出ていった。死人をもっと見つけるつもりだったのか、それとも再び人気のなくなった場所にまだまといわりついているであろう戦慄に引き寄せられたのか、わからない。彼はどんどん遠くへと歩いてゆき、とうとう荒れ果てた境にひとり立っていた。ただ風のみが堤防に吹き寄せ、さっと飛び過ぎる大きな鳥たちの嘆く声の他は何もない。左手には空っぽの低地が広がり、右手には見渡す限りの岸辺に凍った浅瀬の面がきらきらと光っている。まるで世界が白い死に包まれているようだった。

ハウケは堤防の上に立ち止まり、鋭い目で遠くまで見回した。でももう死人は影も形もない。ただ浅瀬の流れが下で目に見えずうごめいているところでは、氷の表面が川のような線をなしつつ上下していた。

彼は走って家に帰ったが、何日と経たないとある晩にまた出てきた。あの場所では氷が裂け、そこから煙のようなものが立ちのぼり、浅瀬全体を網のように覆う霧と蒸気とが、夕暮れの薄明かりと奇妙に融け合っていた。ハウケはじっと目を凝らした。霧の中を影のような姿が彷徨《さまよ》っていたからだ。人間ほどの大きさに見えた。威厳に満ちて、だが奇妙な、ぎょっとするような身振りで、鼻は高く首は長く、それらのものは煙の立つ亀裂の縁をそぞろ歩いていた。と思うと急に、道化のように不気味に飛び跳ね、大きなものは小さなものを飛び越え、小さなものは大きなものに突き当たる。そして膨れ上がり、形を失ってしまった。

「何だろう？　水死した人の霊だろうか？」とハウケは考えた。「おおい！」と彼は闇に向かって叫んだが、彼方のものたちはその叫びにも振り向かず、奇妙な振る舞いを続けるのだった。

そのとき、かつて年老いた船長が話してくれたノルウェーの恐ろしい海の幽霊のことが思い浮かんだ。首の上には頭ではなく、丸めた海藻がのっているのだ。しかし彼は逃げ出さず、長靴の踵をしっかと堤防の粘土にめり込ませて、夕闇の降りるなか、目の前でいつまでも繰り広げられるふざけた遊びを凝視していた。「おまえたち、この国にもいたのか？」と彼は厳しい声で叫んだ、「ぼくは逃げやしないぞ！」

漆黒の闇が垂れこめてからやっと、彼はぎこちない足取りでゆっくりと家路についた。追いかけるように、翼のはためきと響きわたる悲鳴とが聞こえるような気がした。彼は振り向きもせず、足を速めもせず、遅くなってから家に着いた。しかし父親にも、他の誰にも、このことはずっと話さずにいたという。何年も後になって、神様がハウケに負わせた白痴の娘を同じ季節、同じ時刻に堤防へ連れていったとき、同じ光景が向こうの浅瀬に見えたということだ。そのとき彼は、怖がることはない、あれはただの鷺《さぎ》や烏だよ、霧の中だから大きく怖く見えるだけだ、氷の裂け目から魚を採っているのだよと、娘に言ったそうだ。

実際、》と先生は言葉を切った。《この世には誠実なキリスト教徒の心を乱しかねないものが山ほどあるものです。でもハウケは馬鹿でもうすのろでもありませんでしたからね。》

私が何も答えなかったので、先生は言葉を継ごうとした。しかし、これまで物音も立てず、ただ天井の低い部屋に煙草の煙をいよいよ充満させるばかりだった他の客たちの間に、ふと動揺が走り、まず数人が、そしてほぼ全員が窓を見やった。外では――カーテンのない窓からよく見えたのだが――暴風が雲を散らし、光と影とが追い立てあっていた。しかし私にも、痩せた人影が白馬に乗ってざっと駆け過ぎるのが見えたような気がした。

《先生、ちょっと待ってください！》堤防監督がささやいた。

《監督、まあそう怖がらなくても！》と小柄な語り手は答えた、《私はあの人の悪口は言ってませんし、言う理由もないんですからね。》そして彼は小さな、聡明な目で堤防監督を見上げた。

《まあ、まあ》と相手は言った、《どうですか、もう一杯?》そしてグラスがまた満たされ、聞き手たちが大方こわごわとした顔つきで彼のほうを向いたところで、語り手は話を続けた。

《こうしてひとり、風と水と孤独な風景とのみ交わりながら、ハウケは背の高い、痩せた少年に育った。堅信礼《けんしんれい》を受けてもう一年以上経ったころ、彼の身の上に変化が起きた。それはトリン・ヤンスお婆さんの死んだ息子が、昔スペインに航海して持ち帰った老いぼれの白いアンゴラ猫のせいだった。トリンは村から離れた堤防の上の小屋に住んでいて、彼女が小屋の中で立ち働いているあいだ、この不恰好な雄猫はよく戸の外に座って、夏の日差しや飛び交う千鳥《ちどり》を眩しげに眺めているのだった。ハウケが通りかかるといつも、この猫はみゃあと鳴き、ハウケは猫に頷いてみせる。お互い気心の知れた仲だった。

しかしある早春のこと、ハウケはいつも堤防の外でかなり水際近くにまで降り、浜なでしこや香り高い海よもぎの間に寝転んで、強くなった日差しを浴びていた。前の日に高台で小石をポケットに一杯集めておいて、引き潮で剝き出しになった浅瀬を小さな灰色の水鳥たちが叫びながら走り回るようになると、さっと石を取り出して投げつけた。子供のころから手馴れたもので、大概は一羽が泥の上に横たわるのだったが、いつも取りに行けるとは限らなかった。ハウケは、あの猫を連れてきて、獲物を運ぶ猟犬に仕立て上げようと考えたこともあった。しかしあちらこちらに硬い地面や砂山があるので、場合によっては自分で獲物を取りに行くこともできた。帰りに猫がまだ戸口に座っていれば、貪欲《どんよく》さを隠しもせずしきりに鳴き声を上げ、ハウケが獲物のなかから一羽を取って投げるまでやめないのだった。

その日、上着を肩にかけて彼が家路についたときには、まだ見たことのない、鮮やかな絹と金属で覆われたような鳥を一羽だけ持っていたのだが、彼がやってくるのを見て猫はいつものように鳴いた。しかしハウケはその獲物――おそらくかわせみ――を渡そうとはせず、猫が欲しがっても見向きもしなかった。「かわりばんこだ！」と彼は雄猫に呼びかけた、「今日はぼく、明日はおまえだ！　これは猫のえさじゃない！」しかし猫はそろりそろりと忍び寄ってきた。ハウケは立ってそれを見ていた。鳥は彼の手からぶら下がっていた。猫は前足を上げたまま立ち止まった。少年は友達の猫を甘く見ていたようだ。くるりと背を向けて立ち去ろうとしたその時、獲物を一撃で奪われ、同時に鋭い爪が肉に食い込んできたからだ。自分も猛獣となったかのように、怒りが若い血にたぎった。振り返りざまにつかみかかり、もう泥棒猫の首根っこをつかんでいた。大きな猫を素手につかんで宙に浮かせたまま、たくましい後ろ足に腕を引き裂かれるのもかまわず、ぼさぼさとした毛並みから目が飛び出るほど締め上げた。「ほうら！」と彼は叫び、さらにきつく締めた、「どっちが先に参るか、根競べだ！」

突然大猫の後ろ足がだらりと下がると、ハウケは数歩戻って、お婆さんの小屋に猫を投げつけた。猫がもう動かなかったので、彼は踵《きびす》を返して家に向かった。

しかし、あのアンゴラ猫は飼い主のお婆さんにとっては宝物だった。ただひとりの友でもあり、船員だった息子が遺したたったひとつのものでもあった。息子は、蟹を採る母の手助けをしようとして、嵐の日にここの海岸で命を落としたのだった。ハウケが傷口から滴る血を布でおさえながら百歩も行かぬうちに、小屋のほうから泣き喚《わめ》く声が空をつんざいて響き渡った。そこで彼が振り返ると、小屋の前で老女が地に伏しているのが見えた。灰色の髪が風にほつれて赤い頭巾《ずきん》にからまっていた。「死んでる！」と彼女は叫んだ、「死んでる！」そしてやせ細った腕を挑みかかるように振り上げて、「罰当たりものめ！　よくもこの子を殺したね、浜をほっつき歩いてる役立たずのくせに！　あんたなんか、この子の尻尾にブラシをかけるほどの値打ちもなかったんだ！」彼女は猫に覆い被さるようにして、鼻や口から流れ出る血を前掛けで優しくぬぐってやった。それからまた彼女はがなり立て始めた。

「もうお終いにしてくれないかな」とハウケは彼女に呼びかけた、「そしたら、約束するよ、小鼠やどぶ鼠で満足するような猫を見つけてやるって！」

そして彼は、見たところもう何も気にかけずに立ち去った。しかし死んだ猫のことでやはり頭が混乱していたらしく、村の家々に近づくと、父の家も他の家も通り過ぎて、南の町へと続く堤防をかなり先まで進んで行った。

その間にトリン・ヤンスも堤防を同じ方向に歩いていた。彼女は青い格子縞《こうしじま》の古い枕掛けに包んで、何か重いものを腕にのせ、まるで子供ででもあるかのように大事に抱え込んでいた。彼女の灰色の髪は軽やかな春風にはためいていた。「トリーナさん、何を運んでいるんです？」と向こうからやってきた農夫が訊いた。「あんたの家屋敷よりも貴いものだよ。」と老女は答え、急いで通り過ぎた。ハイエン老人の家が下に見えるところまで来ると、この辺りではアクトと呼んでいる、堤防の腹を斜めに上り下りする家畜や人の通り道を、家々の方へと降りていった。

テーデ・ハイエンはちょうど戸口に出て、空模様を眺めているところだった。「おや、トリンさん！」彼女が息を切らせながら前に立ち止まり、古い杖を地面に突き立てるのを見て、彼は言った、「いったい何をかかえているんです？」

「テーデ・ハイエンさん、まずは部屋に入れてくださいな！　そしたら、わかりますよ！」

そして彼女は奇妙にきらりと光る目で彼を見つめた。

「どうぞ、お入りください！」と老人は言った。こんなお婆さんの目が光ったからって、どうということもない。

ふたりとも部屋に入ると、彼女は続けた。「煙草の箱と書き物を机からどけてくださいよ――いったいいつも何を書いてるんだろうねえ――これでよしと。今度はきれいに拭いて！」

老人は多少好奇心をそそられて、彼女の言うとおりにした。それから老女は青い掛け布の両端をつかんで、大きな猫の死体を机の上に転がした。「これですよ！」と彼女は叫んだ、「あんたのとこのハウケが殺したんです。」ここまで言うと、あとは泣き崩れた。彼女は死んだ猫のふさふさとした毛皮を撫で、足を揃《そろ》えてやり、長く垂れた鼻を猫の頭に近寄せて、わけのわからない愛撫の言葉を耳にささやいた。

テーデ・ハイエンはそれを眺めていた。「そう、」と彼は言った、「ハウケが殺したんですね？」お婆さんに泣かれてもどうしていいかわからなかった。

老女は彼をにらみつけた。「そうです、そうですよ、神に誓って、あの子がやったんです！」と、彼女は痛風《つうふう》で曲がった指で目から涙を絞った。「子供もいないし、生き物もいない！」と彼女は嘆いた。「もう自分でもわかるでしょうけど、私ら老人は、万聖節も過ぎれば夜にはベッドで足が冷えて、眠れもしないで北西の風が鎧戸をゆするのを聞いてることになるんですよ。あたしはあれを聞きたくない、テーデ・ハイエンさん、うちの息子が泥に沈んだ、あっちの方から吹いてくるんだから。」

テーデ・ハイエンは頷き、老女は死んだ雄猫の毛皮を撫でた。「この子はね」と彼女は続けた、「冬に紡ぎ車のところに座っていると、やってきて、いっしょに座って、紡いでくれて、緑の目で見つめてくれたんですよ！　あまり寒くなって、ベッドにもぐりこむと――いくらもしないうちにこの子が飛び乗ってきて、冷たい足の上に寝てくれて、ふたりとも暖かく寝られたものでした。若いころのあの人がまだいっしょにいるみたいに！」老女はこの追想に同調してもらおうとするかのように、机の脇に立っている老人をきらりと光る目で見つめた。

テーデ・ハイエンはしかし、考え深げに言った、「トリン・ヤンスさん、私に提案があります。」そして手箱の方へ行き、引出しから銀貨をひとつ出して――「ハウケがこの動物を殺したと言うんですね、嘘ではないとわかっています。さあ、ここにクリスティアン四世のクローネ銀貨があります。冷たい足のために、これでなめした羊の毛皮を買ってください！　それから、うちの猫が子供を産んだら、一番大きいのを取ったらいいでしょう。これで年寄りの猫の埋め合わせになるでしょう！　さあ、その猫は片付けて、町の皮剝《かわは》ぎ職人のところにでも持っていったらどうです。そして、それが私の誠実な机の上に乗ったことがあるなどと、言いふらさないように！」

こう聞く間にも、お婆さんは銀貨をつかんで、スカートの下に隠してある小さな袋にしまいこんだ。それから猫を掛け布に包んで、前掛けで机の血を拭き、杖をついて戸口に向かった。「子猫のことは忘れないでくださいよ！」と彼女は振り向いて言った。

——しばらくして、ハイエン老人がせまい部屋の中を歩き回っていると、ハウケが帰って来て、色鮮やかな鳥を机に投げ出した。白く磨いた机の面に、まだそれとわかる血の跡が残っているのを見て、彼はさりげない風で尋ねた。「これ、どうしたの？」

父親は立ち止まった。「それはおまえが流した血だ！」

少年の頬には思わずさっと血が上った。「トリン・ヤンスが猫を持って来たのか。」

老人は頷いた。「どうしてあの人の猫を殺したりしたんだい。」

ハウケは血まみれの腕を剥き出しにして、「このせいだよ」と言った、「鳥をかっさらいやがったんだ！」

老人はこれにはなにも答えなかった。またしばらくの間部屋を歩き回り、少年の前に再び立ち止まると、ぼんやりとした目つきで彼を眺めた。「猫のことは、私がおさめておいた」と彼はやがて言った、「だが、ハウケ、この小屋は小さい、主人がふたりも座ってはいられない——おまえも仕事を見つける時期だ！」

「うん、お父さん」とハウケは答えた、「おんなじようなことを考えてた。」

「どうしてだ？」と老人は尋ねた。

――「それは、たっぷり働いて気を晴らすんじゃなきゃ、鬱憤《うっぷん》もたまるからね。」

「そう？」と老人は言った、「それでアンゴラ猫を殺したのかい？　それじゃあ、もっと酷いことにもなりかねないね！」

――「そうかもしれないね、お父さん。ところで、堤防監督が下男を追い出したんだって、これならぼくにもできそうだよ！」

父親はまた部屋を歩きはじめ、ぼんやりとしながら噛み煙草で黒いつばを飛ばした。

「堤防監督は馬鹿だ、あひるみたいに馬鹿だ！　父親もその父親も堤防監督だったから、選ばれただけなんだ、それに畑が二十九枚もあるからね。聖マルティン祭が近づいて、堤防や水門の費用を計算する段になると、あの人は学校の先生に鵞鳥《がちょう》の丸焼きやら、蜂蜜酒やら、白パンやらを食べさせて、先生がペンで数字の列と格闘しているあいだ、自分は座って頷いているだけなんだ。〈そうそう、先生、ありがとう！　計算がお上手ですね〉って。先生の都合が悪かったり、気が乗らなかったりとなれば、自分で机に向かって、書いては消し、空っぽな大頭にすぐ血が上って、目はガラス球みたいに飛び出して、ほんのぽっちりの脳みそをそこから搾り出そうとしている。」

少年は父の前に真っ直ぐと立って、父の饒舌《じょうぜつ》ぶりに驚いていた。こんな風に話すのは、聞いたことがなかった。「そうだね、気の毒に！」と彼は言った、「あの人は頭が悪い、でも娘のエルケは計算ができるよ！」

老人はハウケを鋭く見つめた。「おやおや、ハウケ」と彼は声をあげた、「エルケ・フォルカーツを知っているのかい？」

――「全然、お父さん、学校の先生がそう言っただけだよ。」

老人はそれには答えず、ただ考え深げに嚙み煙草の塊を頰の片側から反対側へと移した。

「それでおまえは」と彼はやがて言った、「あそこで計算もさせてもらえるというつもりなんだな。」

「そうだよ、お父さん、きっと上手くいく」と息子は答えた。その口元は真剣そうにぴくりと動いた。

老人は首を振りながら、「じゃあ、好きにしたらいいだろう、運を試してごらん！」

「お父さん、ありがとう！」とハウケは言って、寝床のある屋根裏に上がっていった。そこで彼はベッドの縁に腰かけて、父はなぜエルケ・フォルカーツのことをわざわざ訊き正したのだろうと考え込んだ。エルケのことは見知ってはいた。ほっそりとした十八歳の娘で、小麦色の細面には茶色の眉が、決然とした目と細い鼻の上に寄っていた。しかし話をしたことはほとんどなかった。さて、老いたテーデ・フォルカーツのところへ行くからには、あの女の子に何か特別なところでもあるのか、もっとよく見てみようと彼は思った。まだ夕方とも言えない時刻だったから、すぐにも出かけるつもりだった。誰かに職を取られてしまわないうちに。そこで彼は日曜日の上着を着て、一番上等の長靴を履き、意気揚揚と出かけていった。

――堤防監督の長く伸びた家は、高く聳《そび》える土手の上にあり、村一番の大木である巨大なとねりこの木があって、遠くからでもよく見えた。今の主の祖父で、一族で最初の堤防監督となったひとが、若いころ玄関の東側にとねりこを植えたのだった。しかし最初の二回は苗が枯れてしまい、結婚式の朝に植えた三本目の木が、ここでは絶えることのない風に、今もいよいよ生い茂る樹冠《じゅかん》を昔と変わらずざわざわと揺らしているのだった。

しばらくして、キャベツや人参が肩に植わっている土手をすらりと背の伸びたハウケが上っていくと、家の主人の娘が低い扉の脇に立っているのが見えた。少し痩せすぎた腕の片方はだらりと下がっていて、もう片方は後ろ手に鉄の環を握っているようだった。玄関の両脇にはこうした環がひとつずつ、馬で来たひとが繋げるように、壁に取り付けてあった。娘はそこから堤防の向こう、海の方へと目をやっているようだった。そこでは静かな夕べの中でちょうど日が海に落ち、小麦色の娘を最後の光芒《こうぼう》で金色に輝かせていた。

ハウケは土手を登る足取りを落とし、ひとり考えた、「どうやらぼんやりした娘ではないようだな！」そうするうちに上に着いた。「こんばんは！」と彼は娘のほうに近寄りながら言った、「エルケさん、そんなに大きな目をして、何を見てるんだい？」

「毎晩ここで起きても、毎晩はちょうど見られないものよ。」と彼女は答えた。彼女が鉄の環を手から離したので、それは壁に当たってこつんと鳴った。「ハウケ・ハイエン、何のご用?」と彼女は尋ねた。

「気に食わない話じゃないといいんだけど」と彼は言った。「きみのお父さんが下男を追い出したっていうから、それなら勤めに入ろうかと思って。」

エルケは彼の上から下まで視線を走らせた。「あなた、まだ随分とひょろひょろしてるじゃない、ハウケ!」と彼女は言った、「でも、私たちのところじゃ、がっしりした腕二本より、しっかりした目ふたつのほうが役に立つのよ!」そう言いながら彼女は陰鬱《いんうつ》といってもいい目つきでハウケを眺めたが、彼はそれをしっかりと受けとめた。「じゃあ、いらっしゃい」と彼女は続けた、「お父さまは部屋にいらっしゃるわ、一緒に行きましょう!」


翌日、テーデ・ハイエンは息子といっしょに堤防監督の広々とした部屋に入った。壁は釉薬《うわぐすり》のかかったタイルで覆われていて、こちらには帆をいっぱいに膨らませた船や岸辺の釣り人、あちらには農家の前に寝転んで草を食んでいる牛などの絵柄が目を楽しませてくれるのだった。ひと続きになったこの壁飾りは、今は戸を閉めてある大きな箱型のベッドと、二枚のガラス戸を通して陶器や銀器の数々をのぞかせている戸棚とでさえぎられていた。隣の広間へと抜けるドアの横には、壁に埋め込まれたオランダ製の振り子時計がガラス板で覆ってあった。

でっぷりと太って、やや多血質の主人はぴかぴかに磨いた机の端の安楽椅子に座り、色鮮やかな羊毛のクッションに埋もれていた。彼は腹の上に手を組んで、丸っこい目で太った鴨の骨を満足げに見つめていた。ナイフとフォークはもう皿の上に乗っていた。

「こんにちは、堤防監督さん！」とハイエンは言った。呼びかけられたひとは、ゆっくりと頭と目をこちらへ向けた。

「テーデ、あんたかい？」と彼は答えたが、その声からは食べたばかりの鴨の太り具合がまだ聞き取れるようだった、「座んなさい。あんたのところからうちまでは、大分遠いからね！」

「では、堤防監督さん」とテーデは言って、壁に沿って置かれたベンチに腰かけ、隅に座っている相手に向き合った。「あなたは下男にご立腹で、息子を代わりに雇い入れると約束なさったそうですね！」

堤防監督は頷いた、「そうだ、テーデよ、だが――立腹とは、何だ。わしら低地の人間は、やれやれ、腹を立てたって、いい薬があるからな！」そう言って彼は目の前のナイフを手に取り、かわいそうな鴨の骨をまるで愛撫するようにこつこつと叩いた。「お気に入りの鴨でね」と彼は気持ちよさそうに言った、「わしの手から餌を食べたもんだ！」

「私は」最後のところは聞かなかったことにして、ハイエン老人は言った、「あのならず者が家畜小屋で悪事を働いたって聞いてますよ。」

「悪事だって？　そうだ、テーデよ、悪事も悪事だ！　あのでぶの野郎、仔牛に水をやらなかったんだ。それでもって、自分は酔っ払って干草の上に寝てたもんだから、仔牛たちは一晩中喉が渇いて鳴き叫ぶ、それで私は次の日、昼まで寝なおさなきゃならなかったんだ、これじゃあ家政が成り立たないよ、そうだろう！」

「そうですね、堤防監督さん、でもうちの息子ならそんな心配はありませんよ。」

ハウケは手をわきのポケットに突っ込み、戸口の枠にもたれて立っていた。首を後ろにもたせて、向かいの窓枠をじっと眺めながら。

堤防監督はハウケのほうに目をやって頷きかけた。「そうだろう、テーデ」と言いながら、彼は老人のほうにも頷いて見せた。「あんたのハウケは私の眠りを邪魔したりしないだろうよ。学校の先生が前に言ってたっけ、あの子はブランデーのグラスの前よりも、計算盤の前に座っているのが好きだって。」

ハウケはこんな褒め言葉は聞いていなかった。エルケが入ってきて、食事の残りを手早く片付け、暗い色の目で彼をさっとかすめたからだ。そこで彼の目も彼女に注がれた。「神さまに誓って、」と彼はつぶやいた、「やっぱりぼんやりしてるようには見えないな！」

娘は出て行った。「なあ、テーデ」と堤防監督は言った、「神さまは私に息子を授けてはくれなかった！」

「ええ、堤防監督さん、でも気にすることはありません」と相手は答えた、「一族の知恵も三代目には尽きると言いますから。あなたのおじい様は私たちの土地を守ってくださった方でした！　私たちはそれを忘れはしません。」

堤防監督は、しばらく考え込んだあと、あきれたような顔をした。「テーデ・ハイエン、あんたどういうつもりかね？」と彼は言って、安楽椅子に座ったまま身を起こした、「三代目はわしだよ！」

「ああ、そうでしたね！　気にしないでください、堤防監督さん、ただそんな言い草があるというだけで！」そして痩せ細ったテーデ・ハイエンは年老いた名士を少しばかり意地悪な目で見つめた。

しかし相手は気にかけずに続けた、「そんな、婆さんたちの言うことを真に受けちゃいけないよ、テーデ・ハイエン。あんたは娘のエルケを知らないんだろう、あの子はこの私より三倍も計算が上手なんだ！　私はね、ハウケは畑に出る他にも、私の部屋でペンをふるって書きものや計算をすれば色々と有利なこともあるし、それはハウケにとって悪い話じゃないと思うよと言いたかったのさ！」

「そうですね、堤防監督さん、ハウケはそうするでしょう。おっしゃる通りです！」とハイエン老人は言って、それから雇用契約にいくつか有利な条件を付け加えるよう、交渉を始めた。息子が昨晩考えてもみなかった点だった。給料への追加として麻のシャツ数枚ばかりか、秋には毛糸の靴下八足がもらえること、春には八日間、家の仕事のために父のもとに帰ること等など。しかし堤防監督はどの条件も素直に飲んだ。ハウケ・ハイエンは格好の下男と思われたからだ。

――「やれやれ、ハウケ」堤防監督の家を出るなり、老人は言った、「あの人に世の中のことを教わるんじゃねぇ！」

しかしハウケは静かに答えた。「いいよ、お父さん、きっと上手くいくからさ。」

ハウケの言ったことは、そう間違ってはいなかった。世間、あるいは彼にとっての世間は、この家に住んでいるうちに段々とわかってきた。おそらく、より優れた人に導かれることなく、これまでと同じように自分自身の力に頼るしかなかったから、なおさらのことだったのだろう。しかし屋敷にはひとり、彼のことが気に食わないらしい人がいた。下男頭のオーレ・ペータースだ。熱心な働き手だが、口の軽い男でもあった。彼には怠け者だが頭が悪くてがっしりとした前の下男のほうがちょうどよかった。からす麦を背中に山ほど積んでも構わなかったし、あちこち遣いに追い回してもよかった。もっと静かだが、精神的には優位にあるハウケにはそういう手出しはできなかった。ハウケは何ともいえない目つきで彼を眺めるのだった。それでも彼は知恵を働かせて、ハウケのまだしっかりとしていない体には毒になるような仕事をわざわざ見つけ出してきた。そしてハウケは、下男頭が「でぶのニースを見せたかったね、あいつならこんなこと、朝飯前だったよ！」と言えば、力の限りがんばって、苦心しながらでもやり遂げるのだった。エルケが自分で、あるいは父親に頼んでそういう仕事を大概やめさせてくれたのは、ハウケにとって幸いだった。時にはまったく違う人間同士をも結びつけるのは、いったい何の力なのか、人は不思議に思うことがある。多分――あのふたりは生まれつきの計算家で、娘は自分の仲間が荒い仕事で潰されるのを見たくなかったのだ。

下男頭と下男との仲は、冬になり、聖マルティン祭も過ぎて色々な堤防の勘定が監査《かんさ》のために集まってきたときにも、よくはならなかった。

それはある五月の夕べのことだったが、天気は十一月のようだった。家の中にいても、堤防の外で怒涛《どとう》がうなるのが聞こえた。「おい、ハウケ」と屋敷の主人は言った、「家にお入り。計算ができるかどうか、見せておくれ！」

「亭主さま」とハウケは答えた――このあたりでは主人のことをこう呼ぶので――「でも、まず家畜の仔に餌をやらないと！」

「エルケ！」と堤防監督は呼んだ、「エルケ、どこだい！　――オーレのところに行って、家畜の仔に餌をやっとくように言ってくれ。ハウケには計算させるんだから！」

そこでエルケは家畜小屋に走り、下男頭に用事を言いつけた。彼はちょうど、一日使った馬具をもとの場所に片付けている最中だった。

オーレ・ペータースは立っていたそばの台に、粉々に壊れよとばかりに轡《くつわ》を打ち付けた。「もの書きの奴隷なんか、地獄へ行け！」

家畜小屋の戸を閉めるより前に、エルケはその言葉を聞いた。

「それで？」彼女が部屋に入ると老人は訊いた。

「オーレがちゃんとやりますって。」と娘は言って、そっと唇をかみ、ハウケの向かいの椅子に腰掛けた。その頃まだこの辺りで、冬の夜に自分で作っていたような荒削りの木の椅子だった。彼女は引き出しから白地に赤い鳥模様の靴下を取り出し、続きを編み始めた。足の長いその鳥は、鷺かコウノトリらしかった。ハウケは彼女の向かいに座って、計算に没頭していた。堤防監督は安楽椅子にくつろいで、眠たげにまばたきしながらハウケのペンを追っていた。机の上には、この家ではいつも二本の獣脂ろうそくが燃えていて、鉛の枠で接いだふたつの窓には外から鎧戸がかけられ、内からしっかりとネジで留めてあった。これでいくら風が騒いでも大丈夫だった。ハウケは時どき仕事から目を上げて、靴下の鳥模様や、娘の落ち着いた細面《ほそおもて》をしばらく眺めた。

そのとき安楽椅子のほうから急に大いびきが聞こえ、若いふたりの間に目配せと微笑みが交わされた。そのあと、寝息はだんだんと穏やかになった。これで少しおしゃべりができるはずだったが、ハウケは何を言ったらいいのかわからなかった。

しかしエルケが編物を高く持ち上げ、鳥の模様が上から下までよく見えたとき、彼は机ごしにささやきかけた。「エルケ、それはどこで習ったんだい？」

「習ったって、何を？」と娘は訊き返した。

——「鳥の編物。」とハウケは言った。

「これ？　トリン・ヤンスからよ、堤防のところの。何でもできるの。あの人、私のお祖父さんのころに、ここで働いていたのよ。」

「きみはまだ生まれてなかったろう？」とハウケは訊いた。

「そう、生まれてなかったんじゃないかしら。でも、あの人はまだよく来たから。」

「あの人は鳥が好きなのかい？」とハウケは尋ねた、「猫ばっかり相手にしてるのかと思ってたよ！」

エルケは首を振った。「鴨を育てて、売っているのよ。でも去年の春には、あなたがアンゴラ猫を殺してしまったあと、裏の鳥小屋に鼠が出て、だめになったの。今度は家の前に新しい鳥小屋を建てるそうよ。」

「そう」とハウケは言って、歯の間から軽く息をもらした。「それで高台から粘土と石を運んでいたんだな！　でも、そうしたら堤防の上の道に飛び出るじゃないか。――許可はもらったのかな？」

「知らない」とエルケは言った。しかし最後の言葉をハウケがあまり大声で言ったので、堤防監督は眠りから飛び起きた。「許可だって？」彼は怒ったような目でふたりを代わるがわる見つめた。「許可がどうしたって？」

ハウケが事情を説明すると、堤防監督は笑いながら彼の肩をたたいた。「どうってことないね、堤防の道は充分広いんだ。鴨の小屋のことまで心配しなくちゃならなくなったら、堤防監督もおしまいだ！」

ハウケは、鴨の雛を抱えた老女を鼠の害にさらしてしまったのかと心を重くした。それで堤防監督の反論を飲み込んだ。「でも、亭主さま」と彼は再び口を切った、「何人か、ちょっと釘を差しておいたらいい人はいます。もしご自分でするのがお嫌でしたら、堤防の規律に責任のある委員に注意しておいたらいいでしょう！」

「何だと、何を言い出すんだ。」そして堤防監督はすっかり身を起こした。エルケは精巧な編物を膝に下ろして耳を傾けた。

「はい、亭主さま」とハウケは続けた、「春の検分はもうなさったでしょう。でもペーター・ヤンゼンは自分の土地の雑草を今日になってもまだ刈っていません。夏になったら赤いアザミがはびこって、カワラヒワがさぞ喜ぶことでしょう！ それからそのすぐ隣、誰の土地か知りませんが、堤防の外側に大きな窪みができていて、天気のいい日には小さな子供たちが転げまわっていますよ。でも神様が洪水から守ってくださいますように！」

年老いた堤防監督の目はどんどん大きく見開かれていった。

「それから――」とハウケはまた言った。

「まだあるのかい？」と堤防監督は訊いた。「まだ終らないのか？」下男の話にもううんざりしているようだった。

「ええ、それから、亭主さま」とハウケは続けた、「でぶのヴォリーナはご存知でしょう、委員のハルダースの娘ですが、いつも父親の馬を畑から連れて帰るのですが——あの老いぼれた黄色い牝馬に、大根足でまたがって、はい、どう！　いつも堤防の斜面を斜めに上って行くんですよ！」

ハウケは今になってやっと、エルケが賢い目を彼に向けて、そっと頭を振っているのに気付いた。

彼は口をつぐんだ。しかし老人が拳骨《げんこつ》で机を叩く音が耳を打った。「雷を落してやる！」と彼は叫び、ハウケは急に湧き上がった熊のような大声にびっくりしてしまった。「罰金だ！　あのでぶっちょの名を罰金帳に書き付けろ、ハウケ！　あのアマめ、去年の夏にはわしの鴨の雛を三羽も盗みおった！　そう、そう、書き付けてくれ」と彼はためらうハウケにもう一度言った、「四羽だったかもしれんぞ！」

「あら、お父さま」とエルケは言った、「鴨を盗んだのは、カワウソじゃなかったかしら。」

「そりゃ大層でかいカワウソだな！」と老人は鼻息も荒く叫んだ、「でぶのヴォリーナとカワウソの見分けくらいつくわ！　いや、いや、鴨は四匹だ、ハウケ——だが、おまえの言っていた他のことだが、堤防監督長官とわしはこの春、うちで一緒に朝食をとったあと、おまえの言うアザミやら窪みやらのわきを通ったはずだが、何にも見えやしなかったぞ。おまえたち」と彼はハウケと自分の娘のほうに何度かゆっくり頷きながら、「自分が堤防監督でないことを、神さまに感謝するがいい！　目はふたつしかないのに、百の目で見張れときてる。――補修工事の勘定を見てくれ、ハウケ、気を付けてな、いいかげんな勘定をしてくる奴らがいるから！」

それから彼はまた椅子にもたれて、重い体を何度か揺らし、再び安らかな眠りに落ちた。

同じようなことが幾晩かくり返された。ハウケは目端《めはし》が利いたし、老人の前に座れば、堤防の害になることや、ないがしろにされていることをあれこれと耳に吹き込む機会を逃さなかった。老人もいつも耳をふさいでいるわけにはいかなかったので、思いがけず堤防管理の仕事が活発になり、これまで惰性で悪を重ねてきた人びとは、悪事や怠慢に染まった手を叩かれ、いったいどこから攻撃されたのかと怪しみながら不機嫌に辺りを見回すのだった。下男頭のオーレは、機会あれば人びとに種明かしして、ハウケとその同罪者たる父への反感を煽《あお》った。罰を受けていない人びとや、自分でも現状を憂えていた人びとは笑って、少年が老人の重い腰を少しでも動かしたことを喜んだ。「残念なのは」と彼らは言った、「あの若いのには相当の土地がないってことだ。あとで、昔のような立派な堤防監督になったところなんだが。あの父親の少しばかりの土地じゃ、まずだめだろうね！」

次の秋、堤防監督長官を勤める役人は検分にやって来るなり、強いて朝食へと誘うテーデ・フォルカーツ老人を頭の天辺から足の先までまじまじと眺めた。「本当に、監督」と彼は言った、「思ったとおり、十年も若くなっていますね。今度は色々と提案をして下さったので、私もすっかりやる気が出てきましたよ。これでは今日一日で全部終ることやら！」

「終ります、終りますよ、堤防監督長官さま」と老人はにんまりしながら答えた。「こちらの鵞鳥の丸焼きを召し上がれば、力もつきますから！　ええ、おかげさまで、私もまだまだしゃっきりしております！」そして彼はハウケがその辺にいないか部屋を見回してから、ゆったりとした威厳を込めてこう付け加えた、「あと数年はしっかりと役目を果たすことができるように、神さまに願っています。」

「では、そうなることを願って、監督」と長官はそれに答え、立ち上がった、「乾杯いたしましょう！」

朝食の準備をしたエルケは、ちょうどグラスが鳴っている間にこっそりと笑いながら部屋を出ていった。それから彼女は台所から料理屑の入った鉢を取ってきて、戸口の外で鶏たちにやるため、家畜小屋を通っていった。そこにはハウケ・ハイエンがいて、天候が怪しいのでもう土手に連れてこられた牛たちのために、干草を熊手でえさ台に乗せていた。娘がやってくるのを見ると、彼は熊手を地面に突き刺した。「どうだい、エルケ！」と彼は言った。

彼女は立ち止まり、彼に向かって頷いた。「ええ、ハウケ、でも、さっきは部屋にいたらよかったのに！」

「そう？　どうして？」

「堤防監督長官さまが、亭主を褒めたのよ！」

「亭主さまを？　それがぼくに関係あるってのかい？」

「いえ、つまりね、堤防監督を褒めたってことなの！」

若者の頬に濃い赤色がさっと走った。「わかったぞ」と彼は言った、「きみの言いたいことは！」

「ハウケ、赤くなることなんかないでしょ、長官が褒めたのは、本当はあなただったの！」

ハウケはぎこちなく微笑みながら彼女を見つめた。「きみもだよ、エルケ！」と彼は言った。

しかし彼女は首を振った。「いいえ、ハウケ。私ひとりで手助けしていた間は、褒められたことなんかなかったもの。私は計算ができるだけ。でもあなたは外で、本当は堤防監督が自分で見なきゃならないものをちゃんと見てくるんだもの。負けたわ！」

「負かそうなんて思ってても見なかった。それもきみを負かすなんて」とハウケは遠慮がちに言い、一頭の牝牛の頭を押し返した。「おい、アカや、熊手を食わないでくれ。いまやるから！」

「あら、ハウケ、私が悔しがってるなんて思わないでね」しばらく考え込んでいた娘は言った、「もともと男のすることなんだもの！」

そこでハウケは彼女のほうに腕を伸ばした。「じゃあエルケ、約束だ、握手してくれ!」娘の濃い色の眉の下に、深い紅が上った。「どうして? 嘘はつかないのに!」と彼女は声をあげた。

ハウケは答えようとしたが、彼女はもう家畜小屋から出ていってしまい、熊手を手に持ったまま、外で鴨や鶏が彼女を囲んでがあがあ、こっこっと鳴いているのを聞くばかりだった。

ハウケが勤め始めて三年めの一月、この辺りで「氷投げ」と呼ばれる冬祭りが開かれることになった。海岸からの風が止んでいる間に寒気が続いたので、畑の間の水路が固く滑らかな氷で覆われた。これでこま切れの土地がひと続きとなり、溶かした鉛を注ぎ込んだ小さな木の球を的に投げる競技のための場所ができた。来る日も来る日も穏やかな北東の風が吹き、準備は万端、低地の東にそびえる高台の教会の村は、去年の勝者として挑戦を受けて立った。どちらの側からも九人の投手が選ばれ、審判と交渉役も決まった。交渉役というのは、投球に問題があったときに相手側と協議する役で、これには普段から都合よく言いくるめるのが上手なひとたちが選ばれた。特に、頭がしっかりしているだけではなく、口も達者な若者がうってつけで、堤防監督の下男頭、オーレ・ペータースなどはその最たるものだった。「おまえたち、思いっきり投げりゃいいのさ」と彼は言った。「あとはおれが言いくるめてやるからよ！」

祭りの前日の夕方近く、高台の教会の隣に立つ居酒屋では、投手たちが何人か奥に集まって、最後に参加を申し込んできた人びとを採用するかどうか話し合っていた。ハウケ・ハイエンも志願者の中にいた。彼は始め乗り気ではなかった。石を投げる腕には覚えがあったものの、祭りで重要な役を担っているオーレ・ペータースに拒否されるのではないかと心配だったからだ。そんな敗北を味わうのはやめておきたかった。しかし最後の最後になって、エルケが彼の気を変えた。「あの人にそんな手出しができるもんですか、ハウケ」と彼女は言った、「あの人は日雇い人の息子でしょ。あなたのお父さんは牛も馬もあるし、それに村で一番賢いひとじゃない！」

「でも、もしあいつがそれでもうまくやったら？」

彼女は半ば微笑みながら濃い色の目で彼を見つめた。「それで」と彼女は言った、「晩に亭主の娘と踊ろうなんて考えたら、肘鉄砲を食らわしてやるから。」――そこでハウケは喜び勇んで彼女に頷いた。

競技に参加を希望している青年たちは、凍え、足踏みしながら居酒屋の前に立ち、その隣にある教会の岩を積んでできた塔の先を眺めている様子だった。牧師さんの鳩は夏には村の畑で餌をついばむのだが、冬は農家の庭や物置で麦粒を拾い、今ちょうど帰ってきたかと思うと、塔の鱗《うろこ》屋根の下に消えた。そこに巣があるのだ。西の海の上には燃えるような夕日がかかっていた。

「明日はいい天気だね！」と青年のひとりが言い、せわしなく行ったり来たりし始めた。「でも、寒いぞ！　寒いぞ！」もうひとりは、もう鳩も飛んで来ないのを見ると家に入り、活発な議論がもれ聞こえてくる扉の前に陣取った。堤防監督の下男もその横に並んだ。「聞いてみろ、ハウケ」と青年は彼に言った、「おまえのことで言い合いになってるぞ！」中からはオーレ・ペータースのがらがら声がはっきりと聞こえた。「若造の下男や子供の出る幕じゃない！」

「来いよ」と青年は囁き、ハウケの上着の袖を引いて部屋の扉に引き寄せようとした。「自分が値踏みされるのを聞きたくはないのかい！」

しかしハウケはその手を振り切って、また家の前に戻ってきた。「締め出したのは、立ち聞きさせるためじゃないだろう！」と彼は言い返した。

家の前には三人目の志願者が立っていた。「ぼくは引っかかりそうな気がするよ」と彼はハウケに向かって言った、「まだ十八に足りないんだ、洗礼証明書を見せろと言われたらどうしよう！　ハウケ、おまえは大丈夫さ、自分とこの下男頭がうまく選び出してくれるんだろう！」

「そうさ、選んで出してくれるよ！」とハウケはつぶやき、小石を蹴って道の向こうに飛ばした。「選び入れてはくれないのさ！」

部屋の中の騒ぎは段々と大きくなり、やがて静かになった。外に立つ青年たちにはまた、教会の塔の先が北東の風を切るかすかな音が聞こえてきた。立ち聞きしていた者がまた外にやって来た。「誰が選ばれたんだい？」と十八歳の青年が彼に尋ねた。

「こいつだよ！」と彼はハウケを指した。「オーレ・ペータースがこいつを子供あつかいにしようとしたんだが、他の連中が文句を言ってさ。〈ハウケの父親は土地も家畜もあるじゃないか〉とイェス・ハンゼンが言うと、〈ああ、土地か〉ってオーレが叫んだよ、〈手押し車で十三回も運んだら、もう無くなっちまうようなもんじゃないか。〉――最後にオーレ・ヘンゼンが口を開いて〈黙れ！〉と叫んだ、〈いいことを教えてやろう。村で一番偉い人間は誰だ？〉するとみんな黙って、考え込んでるみたいだった。そのうちにひとりが、〈そりゃ、堤防監督だろう！〉すると他のみんなも、〈そうだな、確かに堤防監督だな。〉――〈それで、その堤防監督ってのは、誰のことだい？〉って、オーレ・ヘンゼンがまた叫んだ。〈さあ、よーく考えてみろ！〉――そのうちにひとりがくすくす笑い出して、そこにまたひとり、最後は部屋中爆笑だったよ。〈じゃあ、お通しして〉ってオーレ・ヘンゼンが言ったんだ、〈おまえたち、まさか堤防監督様を門前払いにするつもりじゃないだろうな！〉きっと、みんなまだ笑ってるよ。でもオーレ・ペータースの声はもう聞こえなかった！」と青年は報告を終えた。

ほぼ同じ瞬間に、家の中で部屋の扉がさっと開き、「ハウケ！　ハウケ・ハイエン！」という呼び声が、賑やかに楽しく宵闇《よいやみ》にあふれ出た。

そこでハウケは家に飛び込んだ。誰が堤防監督かという話はもう聞こえなかったが、ハウケが密かに胸に育んでいた思いは、誰にも知られることはなかった。

——しばらくして、彼が主人の家に近づくと、エルケが坂下の門のところに立っているのが見えた。白々と氷に覆われた果てしない牧草地に、月の光が仄《ほの》かに広がっていた。

「エルケ、こんなところに立って、どうしたんだい？」と彼は尋ねた。

彼女はただ頷いてみせた。「どうなったの？」と彼女は言った、「あの人、邪魔した？」

——「しないわけないだろう！」

「それで、どうしたの？」

——「うん、エルケ、明日出られることになったよ！」

「おやすみなさい、ハウケ！」そして彼女は逃げるように土手を上り、家の中に消えた。

彼はゆっくりと彼女の後を追った。


堤防の東の陸側に伸びた広い牧草地に、翌日の午後、黒々とした人だかりが見えた。それはあるときはじっと動かず、そして木の球が二度群れから出て、日の光に当たって氷の溶けた地面の上を飛んで行くと、今度は低く細長い家々を背後にして段々と進んで行くのだった。氷投げの選手たちを中心に、あちらに見える家々や高台の家々で暮らしを共にしている老若男女が回りを取り囲んでいた。年取った男たちは長い上着を着て、考え深げに短いパイプを吸い、女たちは短い上着に布を被り、子供の手を引いたり、腕に抱えたりしていた。凍った水路を次々と越えて行くと、弱々しい午後の日差しが尖った葦の茎を透かしてきらりと反射した。ひどく冷え込んではいたが、競技は休みなく進み、全てのひとの視線は飛んで行く球に注がれた。今日という日は村の栄誉が、ただこの一球にかかっていたからだ。交渉役たちは先端に鉄のついた棒を持っていて、それがこちらの村のは白、高台の村のは黒だった。球が落ちたところで、相手方からの暗黙の賞賛あるいは嘲笑を浴びながら、この棒を凍った大地に突き刺すのだ。そして的に見事球を当てた者が、チームに勝利をもたらすことになる。

ひとがたくさん集まってはいても、あまり言葉は交わされなかった。ただ、素晴らしい一球が投げられたときのみ、若者や女たちの叫ぶ声が上がることもあった。あるいは、老人のひとりが口からパイプを外し、それで投手の肩を叩きながら、「いい投げっぷりだ、とツァハリースは窓から女房を放り出したとさ!」とか、「あんたのお父さんもそんな風に投げたっけな、天国で幸せに暮らしているといいが！」などと励ましの言葉をかけるのだった。

一回目の投球では、ハウケには運が向かなかった。ちょうど腕を後ろに引いて、球を遠くへ投げようとしたとき、太陽を覆っていた雲の一切れが外れて、眩しい光が彼の目を射たのだ。球は遠くへ飛ばずに水路に落ち、しゃりしゃりとした氷にめり込んだ。

「無効だ！　無効だ！　ハウケ、もう一度！」と味方は叫んだ。

しかし高台側の交渉役が踊り出て、「いや、有効だよ、投げたものは投げたんだ！」

「オーレ！　オーレ・ペータース！」と低地の青年たちは叫んだ。「オーレはどこだ？どこに引っ込んでるんだ？」

彼はもうそこに来ていた。「そんなに怒鳴るなって！　ハウケの尻拭いだな！　そんなことだと思ったよ。」

――「何だって！　ハウケはもう一度投げなきゃ、さあ、口の上手なところを見せてくれ！」

「口ならまかせておけ！」とオーレは言って、高台の交渉役に向かって訳のわからぬことをまくし立てた。しかしいつもの口上のようにぴりっとしたところは全くなかった。彼の隣には眉をひそめた娘が立っていて、怒りに燃える目で彼を鋭く見つめていた。しかし女性は競技に口出しできなかったので、黙っているほかはなかった。

「おかしなことを言うじゃないか」と相手の交渉役は言った、「わけのわからん奴だ！太陽も月も星も、おれたちみんなに平等で、いつも空にあるものだろう。投げ方が悪かったのさ、下手な投球は有効だよ！」

こうして彼らはまだしばらく言い争っていたが、結局審判の判断でハウケはもう一度投げさせてはもらえないことになった。

「さあ、続きだ！」と高台の人びとは叫び、あちらの交渉役はもう黒い棒を地面から抜き、番号を呼ばれた投手がそこに立って球を投げた。堤防監督の下男頭は、その投球を眺めるのにエルケ・フォルカーツのわきを通らなければならなかった。「いったい誰のために、今日は頭をうちに置いてきたの？」と彼女は彼に囁いた。

すると彼は彼女を怒ったように睨《にら》み、幅広い顔からは楽しげな表情がすっかり消えた。

「あなたのためですよ！」と彼は言った、「あなただって、頭を忘れてきてるでしょう！」

「もういい、オーレ・ペータース、あんたのことはわかってるから！」と娘は背筋を伸ばして答えた。しかし彼は顔を背けて、聞こえなかったふりをした。

こうして競技は続けられ、白と黒の棒は進んでいった。またハウケの番になったとき、彼の投げた球は、的である白く石灰を塗った樽がはっきり見えるところにまで飛んでいった。ハウケはもうがっしりとした青年になっていたし、計算と投石術の腕は少年時代に毎日磨いてきたものだった。「やった、ハウケ！」と誰かが群集のなかから叫んだ。「大天使ミカエルさまがお投げになったようだ！」ケーキとブランデーを持った女が人をかき分けながら彼のほうにやって来て、グラスに一杯注いで差し出した。「さあ」と彼女は言った、「仲直りしましょう。今日のは、あたしの猫を殺したりするのよりずっといい！」ハウケが見ると、それはトリン・ヤンスだった。「ありがとう、おばさん」と彼は言った、「でもぼくは飲まないよ。」彼はポケットに手を入れて、刻印も新しい一マルク硬貨を彼女の手に押し付けた。「さあ、これを取って、ブランデーは自分で飲んで。トリン、これで仲直りだよ！」

「そのとおり、ハウケ！」と老女は答え、彼の言うとおりにした。「そのとおり。こういうものは、あたしみたいなお婆さんが飲んだほうがいいのさ。」

「あんたの鴨はどうなった？」もう籠を持って戻ろうとするトリンに、彼はまた呼びかけた。しかし彼女は振り返らずに頭だけ振って見せ、よぼよぼとした手を空で打ち合わせた。「だめだね、ハウケ、あんたらのところの水路にはどぶ鼠がいっぱいだよ、しかたがないさ、別の食いっぷちを探すしかないねぇ！」そうして彼女は再び人の群れに入りこみ、酒と蜂蜜のケーキを売り始めた。

太陽はもう堤防の向こうに沈み、その代わりに赤紫の仄かな光が燃え上がった。時折り黒い鳥が飛び過ぎては一瞬の間金色に染まり、やがて夕刻となった。牧草地ではしかしまだ人びとの影が、もうはるか遠くになった黒い家々を背に樽のほうへと向かっていた。特別に見事な投球なら、的に届くかもしれなかった。低地の人びとの番だった。ハウケの番だった。

堤防から平地に落ちた幅広い夕日の影に、白く石灰を塗った樽がくっきりと見えていた。「おまえたち、今度はまだ当たらないだろうよ！」高台の人びとのひとりが言った。勝負は危うかった。高台の方が十フィートは先に出ていた。

呼ばれた選手のほっそりとした姿が人びとの間から現れた。フリースラント風の細長い顔立ちから、灰色の目が樽の方を見据えていた。だらりと下げた手には球を握っていた。「あれじゃあ、おまえさんには的が大きすぎるようだねぇ」と、この瞬間にオーレ・ペータースのがらがら声が彼の耳元に聞こえた。「灰色の毒ととりかえようか?」

ハウケは振り返り、決然とした目で彼を見やった。「ぼくは低地のみんなのために投げるんだ!」と彼は言った。「きみはいったい誰の味方なんだい?」

「おまえと同じ側だよ、おまえ、エルケ・フォルカーツのために投げるんだろう!」

「どけ!」とハウケは叫び、再び投げる姿勢を整えた。しかしオーレはまた頭をもっと彼の方に突き出してきた。突然、ハウケ自身が何も抵抗できずにいるうちに、一本の手が伸びてきてでしゃばりな男を後ろに引っ張ったので、男は笑っている仲間たちの間によろよろと倒れこんだ。それは大きな手ではなかった。ハウケがちらりと頭を動かすと、自分の傍らにエルケ・フォルカーツが立って、袖の具合を直しているのが見えた。濃い色の眉が火照った顔に怒ったように寄っていた。

そのとき、ハウケの腕には鋼鉄の力が宿ったように思われた。彼は少し屈み、球を手の中で一、二度転がしたかと思うと、腕を引いた。すると双方の観客を死のような静寂が包んだ。飛んで行く球を全ての目が追った。空を切って飛ぶ音が気こえた。突然、投げた地点からかなり遠いところで、鳴き叫びながら堤防からやって来た鷗の翼に球が隠れた。しかし同時に、はるか遠くで樽に球の当たる音がした。「万歳、ハウケ！」と低地の人びとが叫び、群集の中に「ハウケだ、ハウケ・ハイエンが勝ったぞ！」という声がざわざわと広がっていった。

みんなにぎっしりと取り囲まれたその人は、そっと傍らに手をのばしてひとつの手を握っただけだった！「何してるんだい、ハウケ、球が樽に入ったんだよ！」とみんながもう一度叫んでも、彼はただ頷いて、動こうとはしなかった。握った小さな手がしっかりと彼の手につかまっているのを感じて初めて、「そうらしいね、勝ったような気がするよ！」と彼は言った。

それからひとの群れが引いて行き、エルケとハウケは引き離されて、居酒屋に向かう流れに飲み込まれていった。その道は、堤防監督の家の土手の下で高台のほうへと曲がるのだった。ここでふたりは群れから抜け出て、エルケは自分の部屋に上がり、ハウケは土手の裏にある家畜小屋の前に立って、黒々とした人びとの群れがダンスの会場の用意されてある教会の居酒屋へと上って行くのを眺めていた。広い景色の上に次第に暗闇が迫っていた。彼の回りは段々と静かになり、背後の小屋の中で家畜が動くばかりだった。高台からは、居酒屋からもうクラリネットの音が聞こえるような気がした。そのとき家の角の方から衣擦《きぬず》れの音がして、畑を抜けて高台へと上る小道に降りて行く、小刻みでしっかりとした足音が聞こえた。すると、今度は暗闇の中を進む姿が見え、エルケだとわかった。彼女も居酒屋に踊りに行くのだ。彼の喉もとに血が上った。走って、一緒に行こうか。しかしハウケは女性の前では勇気が出ないのだった。どうしようかと考えながら、暗闇のなかでエルケが視界から消え去るまで、ハウケは立ち尽くしていた。

そして、もう彼女に追いついてしまう恐れがなくなってから、彼も同じ道を通って教会わきの居酒屋まで行くと、家の前や玄関で押し合いへし合いしている人びとの話し声、叫び声、それにヴァイオリンとクラリネットのけたたましい響きが耳を聾《ろう》せんばかりに彼を包み込むのだった。誰にも気付かれずに、彼は「組合の間」にもぐり込んだ。あまり広くはない部屋に人がいっぱいで、一歩先がもう見えないくらいだった。黙ったまま、彼は入り口の柱にもたれて、ざわめき立つ人波を眺めていた。人びとはまるで道化のように思われた。今日の午後の試合のことや、たったの一時間前に試合に決着をつけたのが誰だったかなんてことを考えている人間がいようなどとは、心配にも及ばなかった。誰もが自分の相手の娘だけを見つめ、一緒にくるくると回っているのだった。彼の目はたったひとりの人を探していた、そして——あそこだ！　彼女は若き堤防委員である従兄と踊っていた。もう見えなくなった、見えるのは高台や低地の他の娘たちで、彼にはどうでもよかった。するとヴァイオリンとクラリネットがぱたりと止み、ダンスはお終いになった。しかしまたすぐに次のダンスが始まった。ハウケの脳裏を、エルケは約束を果たしてくれるだろうか、オーレ・ペータースと踊りながら目の前を通ったりしないだろうか、という思いがよぎった。思った途端に声を上げそうになった。そうなったら——、そうなったらどうしよう。しかし彼女はこのダンスにはまったく加わっていないようだった。そしてこのダンスも終わり、次にはちょうどこの辺りでも流行ってきたツヴァイトリットという二拍子のダンスになった。音楽が狂ったようにすべり出し、若者たちは大急ぎでお相手に向かって走り、壁に掛けられた明かりがふわりと揺れた。

ハウケは踊り手たちを見ようと、抜けそうになるほど首を伸ばした。あそこの、三組目の、あれはオーレ・ペータースだ、で、相手の女は？　がっしりした低地の青年が彼女の前にいて、顔が見えなかった！　しかしダンスは急回転で進み、オーレとその相手は回りながら列から出てきた。「ヴォリーナだ！　ヴォリーナ・ハルダースだ！」とハウケはあやうく大声で叫ぶところだったが、すぐに安心して息をついた。じゃあ、エルケはどこだろう？　相手が見つからなかったのか、それともオーレと踊りたくないばかりに、全員断ったのだろうか。――そしてまた音楽は止み、次のダンスが始まった。しかしまたしてもエルケは見当たらないのだった！　あっちにはまたオーレがいる、でぶのヴォリーナを腕に抱えたまま！「やれやれ」とハウケは言った、「こうなると、二十五反持ちのイエス・ハルダースもうすぐご隠居さまだな！――でも、エルケはどこだろう？」

彼は柱のそばを離れ、広間の奥へと分け進んでいった。すると、突然彼は彼女の目の前に立っていた。彼女は年上の友達と一緒に部屋の隅に座っていたのだ。「ハウケ！」と彼女は細長い顔で彼を見上げながら呼んだ、「あなた、いたのね！　踊っていなかったじゃない！」

「踊らないんだ。」とハウケは答えた。

――「どうして、ハウケ？」立ち上がりかけながら、彼女は言葉を継いだ、「私と踊る？　オーレ・ペータースとは踊ってやらなかったの、もう二度と来ないでしょうよ！」

ハウケは何でもない風を装った。「ありがとう、エルケ」と彼は言った、「あまり上手く踊れないんだ、きみが笑いものになったりしたら、そしたら……」彼は急に言葉につかえて、灰色の目で彼女を親しげに見つめた。後のことはその目に語ってもらおうとでもいうかのように。

「どういうこと、ハウケ？」と彼女は小声で訊いた。

――「つまりね、エルケ、今日一日の終わりは、もうあれ以上素敵にはなれないってことだよ。」

「そうね」と彼女は言った、「試合に勝ったんですものね。」

「エルケ！」と彼は聞こえないほど小声で抗議した。

すると彼女の顔がぽっと赤く染まった。「やめて！」と彼女は言った、「何のことかしら？」そして彼女は目を伏せた。

しかし女友達がダンスに誘われて行ってしまうと、ハウケは声を高めて言った、「ぼくはね、エルケ、もっといいものを勝ち取ったと思ったんだけど！」

まだしばらくの間、彼女の目は床の上を彷徨っていた。それから彼女は目を上げ、彼女の魂の静かな強さに満ちた眼差しが彼の目を捉え、夏の風のように彼の身を吹きぬけた。「心に思ったとおりにしたらいいわ、ハウケ！」と彼女は言った、「お互いよく知っている仲でしょう！」

エルケはこの晩、もう踊らなかった。そしてふたりが家路についたときには、手と手をつないでいた。天空の高みからは、星々が静まり返った低地の上に瞬いていた。微かな東風が吹いて、凍てつく寒さを運んで来た。しかしふたりは布もマントもろくに掛けず、突然に春が訪れたかのように歩んで行った。

ハウケはあるものを買おうと思い立った。それを使うのにふさわしい時は、まだ未来のいつかとしか言えなかったのだが、それでもこれで静かな祝宴を催すような気持ちでいた。そこで次の日曜日、彼は町に出かけて年老いた彫金師アンデルセンのところに行き、太い金の指輪を注文した。「指をお出し、測るから！」と老人は言って、彼の薬指を掴んだ。「おや」と彼は言った、「あんたがたのところの指にしちゃあ、あんまり太くないんだね！」しかしハウケは「小指のほうを測ってくれませんか！」と言って、小指を差し出した。

彫金師は少し驚いて彼を見つめた。しかし、若い農夫が何を思いつこうと、彼にはどうでもよいことだった。「それなら、女の子用の指輪に、ちょうどいいのがありそうだな！」と彼は言い、ハウケの両頬には血が上った。小さな金の指輪は彼の小指にぴったりだった。そこで彼はすぐにそれを買い、ぴかぴかの銀貨で代金を払った。それから胸をどきどきさせながら、まるで厳粛《げんしゅく》な儀式でもとり行うかのように、ベストのポケットにしまい込んだ。その後、彼は心騒がせながらも誇らしく、日々その場所に指輪を入れて持ち歩いた。ベストのポケットとはそもそも指輪をしまっておくためにあるとでもいうかのように。

こうして彼は指輪を幾年月も持ち歩き、とうとう指輪は新しいベストのポケットに引っ越さなければならなくなったが、それを取り出す機会はなかなか到来しなかった。思い切って亭主さまの前に出ようという考えが頭を駆け巡るようなこともあった。お父さんだって、れっきとした土地持ちなんだ！　しかし冷静になってみると、老堤防監督はこの下男を笑い飛ばすだけだろうとわかるのだった。こうして彼と堤防監督の娘は肩を並べて生きていた。彼女も娘らしくおし黙っていたが、それでいてふたりとも、いつでも手に手を取って歩んでいるかのようだった。

あの冬祭りの日から一年して、オーレ・ペーターースが仕事を辞め、ヴォリーナ・ハルダースと結婚式を挙げた。ハウケの思ったとおりだった。老ハルダースは隠居となり、でぶの娘の代わりに今度は陽気な娘婿《むすめむこ》が黄色い牝馬に乗って牧草地に出かけ、ひとの言うところでは、帰りには必ず堤防を駆け上った。ハウケは下男頭となり、年下のものが彼の役を受け継いだ。しかし堤防監督は始め、彼の地位を上げるのには気が進まなかった。「ただの下男のほうがいいじゃないか！」と彼はぶつぶつとつぶやいたものだ、「ここで、帳簿の手伝いをしてもらわないことには！」しかしエルケが彼に注意したのだった、「そんなら、ハウケも行ってしまいますよ、お父さま！」それで老人も不安になり、ハウケは下男頭に昇進したのだったのだが、それでも堤防監督の仕事を手伝うのは前と同じだった。

もう一年経つと、彼はエルケに、お父さんが弱ってきたと話し始めた。亭主さまが夏に数日、うちの仕事のために帰らせてくれるだけでは、もう足りないようだ、お父さんは無理をしているようだし、もうこれ以上黙って見ているわけにはいかない、と。——それは夏の夕べのことだった。ふたりは玄関前の大きなとねりこの下で、薄闇の中に立っていた。娘はしばらく黙って大木の枝を見上げ、そして答えた、「私からは何も言いたくなかったの、ハウケ、自分で一番正しいように決めるだろうと思って。」

「そうしたら、この家を出て行くことになるんだよ」と彼は言った、「もう帰っては来られないんだ。」

ふたりはしばらく黙りこくって、向こうの堤防の陰で海に沈んで行く夕焼けを眺めていた。「あなたに話しておかないと」と彼女は言った、「今朝、あなたのお父さんのところに行ったの、そしたら肘掛椅子で居眠りしてらした。まだ手に製図ペンを持って、描きかけの図を乗せた製図版が机に乗っていたわ。——目を覚まして、私と十五分ばかり、やっとのことでおしゃべりしたあと、私が帰ろうとしたら、不安そうに手を取ってまるでこれが最後みたいに引き留めるの、でも……」

「でも、何？　エルケ」と、先を続けるのをためらう彼女にハウケは訊いた。

娘の頬をいく粒かの涙がこぼれ落ちた。「ただ私、私のお父さまのことを思うと」と彼女は言った、「あなたがいなくなったら、きっとつらい思いをするでしょう、本当よ。」そして、口に出すのに勇気がいるという風に、「お父さま、まるでお墓に入る準備をしているみたいな気がすることがあるの、私。」

ハウケは答えなかった。彼は、ポケットの中の指輪が急に動き始めたような気がしていた。しかし思いがけずこんな風にうごめき出した命の息吹きへの不快感を押さえつけるより先に、エルケが言葉を継いだ。「いいえ、怒らないで、ハウケ！　もし出ていくことになっても、私たちを見放したりしないわね、信じてる！」

そこで彼は熱意を込めて彼女の手を取り、彼女もその手を引っ込めはしなかった。まだしばらくの間、若いふたりは夕闇の沈む中に寄り添って立っていた。そしてふたりの手はするりと解け、それぞれが自分の道を進んで行った。――突風が吹き上がり、とねりこの木をざわめかせ、家の表側にある鎧戸を鳴らした。夜が次第に忍び寄り、不気味な平原の上には静寂が横たわっていた。

エルケの口添えで、ハウケは期日までに申し出なかったにもかかわらず、老堤防監督から暇を貰うことができ、代わりにふたりの下男が家に入った。――その数ヵ月後、テーデ・ハイエンは息を引き取った。しかしその前に、彼は息子を病床に呼び寄せた。「ここに座っておくれ、息子よ」と老人は弱々しい声で言った、「すぐそばに！　怖がることは何もない、私のそばには主の黒い天使さまがいるだけだ、私を呼びに来たのだよ。」

そして息子は心を震わせながら、壁に造りつけた暗いベッドのすぐそばに座った。「さあ、お父さん、何か話したいことがあるなら、言ってください！」

「そうだ、息子よ、話すことがあるのだ」と言って老人は掛け布団の上に腕を伸ばした。「まだ半人前のうちに堤防監督のところへ仕事に出たとき、おまえはいつか自分で堤防監督になろうと思っていたね。私もそれに感化されて、段々と、おまえこそそれにふさわしい人間だと思うようになった。だが、おまえの財産はそんな役職に就くには小さすぎる――おまえが勤めに出ている間、私は慎ましく暮らしてきた――財産を増やそうと思ってな。」

ハウケは父の手を強く握り、老人は身を起こして息子を見ようとした。「そうだ、息子よ」と彼は言った、「あの、一番上の引き出しに、書類が入っているよ。アンチェ・ヴォーラースのお婆さんが、五反半の畑を持っているのは知っているね。だが、あの人は体も不自由になって、畑の借地代だけではどうにも暮らせなくなっていた。そこで私は毎年、聖マルティン祭にきちんと決まった金額を収めただけでなく、余裕のあるときにはもっと、あの貧しいひとに渡していた。それであの人は、畑を私に遺してくれることになった。公式の手続きはもう済んでいる。――今は、あの人も死の床に就いている。低地の人間の病気だ、癌にかかったんだよ。おまえはもうお金を払う必要はない！」

彼はしばらく目を閉じ、付け加えた、「それでも多くはない。だが、おまえが私のところに住んでいたころよりは、おまえの財産は増えている。これがおまえの人生の役に立つように！」

息子の感謝の言葉を聞きながら、老人は眠りに就いた。彼にはもう何も心配することはなかった。そしてその数日後にはもう、主の黒い天使が彼の目を永遠に閉じ、ハウケは父の遺産を受け継いだ。

――葬式の翌日、エルケが彼の家にやって来た。「寄ってくれてありがとう、エルケ！」とハウケは彼女を迎えた。

しかし彼女は答えた、「寄っただけじゃないのよ、片付けをしに来たの、あなたが自分の家に落ち着けるようにね！　あなたのお父さんは数字や線ばかりで、他のものには目もくれなかったし、ひとが死ねばまた色々と混乱するものでしょう。少し住みやすくしてあげるから！」

彼は灰色の目に信頼を込めて彼女を見つめた。「じゃあ、片付けてくれないか！」と彼は言った、「そのほうが、ぼくもうれしい。」

そこで彼女は片付け始めた。まだ置いたままになっていた製図版は、埃を払って屋根裏に上げた。製図ペン、鉛筆、白墨はきちんと手箱の引き出しに収めた。それから若い女中を手伝いに呼び入れ、部屋中の道具類を動かして配置を工夫すると、部屋が明るく広くなったようにさえ思われた。エルケは微笑みながら、「女だからこんなこともできるのよ！」と言った。ハウケは父の死を悲しみながらも、うれしそうに眺め、必要なところでは手伝った。

そして夕闇の迫る頃、――それは九月の始めのことだったが――ハウケのためにと思ったことを全て済ませると、彼女は彼の手を取り、濃い色の目で頷いて見せた。「さあ、一緒に来て、うちで夕食を食べてちょうだい。お父さまに、あなたを連れて来るって、約束させられたの。それから帰って来ても、これなら安心して家に入れるでしょう！」

ふたりが堤防監督の広々とした居間に入ると、もう鎧戸が閉まって、テーブルの上には明かりがふたつ灯っていた。堤防監督は安楽椅子から立ち上がろうとしたものの、体の重みでどさりと腰を落とし、かつての下男を声だけで出迎えた。「よし、よし、ハウケ、昔の友人を訪ねてくれるとはな！　おいで、もっとこっちへ！」そしてハウケが彼の椅子のところまで来ると、彼はその手を自分の丸々とした手で握った。「さあ、さあ、おまえ」と彼は言った、「落ち着くんだ、死ぬのはみんな同じだよ。おまえのお父さんは、悪い人じゃあなかった！　――だが、エルケ、肉を持ってくるように言っておくれ、力をつけないといけないからな！　ハウケ、仕事が溜まっているんだよ！　秋の検分がすぐだからね。堤防と水門の計算書が山積みだ、西のコークでこの間堤防が崩れて――わしはもう頭が混乱して、だがおまえの頭は、ありがたいことに、ずっと若いからな。おまえはいい子だ、ハウケ！」

こうして長々と弁舌を振るって思ったことを全部言ってしまうと、老人は椅子に寄りかかって、待ち焦がれたように戸口の方を見つめた。ちょうどそこからエルケが肉料理の皿を持って入ってきたところだった。ハウケは微笑みながら彼の傍らに立っていた。「さあ、座って」と堤防監督は言った、「あまり時間を無駄にしないように。冷めると不味いんだ！」

ハウケは席に着いた。エルケの父の仕事を手伝うのは、当たり前のことだと思われた。そして秋の検分が来て、また数ヶ月が過ぎると、一番大事な仕事は彼が片付けてしまった。》

語り手はここで言葉を切り、辺りを見回した。鷗の叫び声が窓をはたき、廊下の方からは長靴から重い泥を落そうとしているような靴音がした。

堤防監督と委員たちは部屋の戸口の方を振り返った。《何事だ？》と堤防監督が声を上げた。

雨避けの帽子をかぶった頑丈な男が入ってきた。《旦那さま》と彼は言った、《私ら、見たんです、私とハンス・ニッケルスと、白馬の騎手が入り江に飛び込むところを！》

《どこで見たんだ？》と堤防監督が訊いた。

――《入り江と言ったら、ヤンゼンの畑のところです、あの、ハウケ・ハイエン・コークの端の。》

《見たのは一度きりか？》

――《一度だけです。影みたいなものでしたが、だからと言って、出たのが一度目とは限りません。》

堤防監督は立ち上がった。《失礼させていただきます》と彼は私に向かって言った、《私たちは外に出て、どこに危険が迫っているのか、見てこなくてはなりません！》そして彼は見張りの者と一緒に出て行き、集まっていた他の人びともこれに続いた。

私は閑散とした部屋に学校の先生とふたりきりになってしまった。カーテンのない窓からは、もう座っている客たちの肩に遮《さえぎ》られることなく、黒々とした雲を嵐が駆け散らすさまが見渡せた。
老人はまだ自分の席に座り、優越感とかすかな同情の笑みを唇に浮かべていた。《ここはすっかり空っぽになりましたね》と彼は言った、《私の部屋にいらっしゃいませんか？　この家に住んでいるんですよ。安心してください、私はここの天候のことはよく知っています、私たちのところに心配はありません。》
この部屋では寒くなってきたので、私はありがたく応じた。そして私たちは明かりをひとつ貰って、屋根裏部屋への階段を上って行った。その部屋も西向きではあったが、窓は暗い色の厚い毛織物で覆ってあった。本棚にはささやかな蔵書が並び、そのわきには年を取った教授の肖像画が二枚掛かっていた。テーブルの向こうに大きな安楽椅子があった。《どうぞ、お楽になさってください！》と部屋の主は言い、まだちろちろと燃えていた小さなストーブに泥炭《でいたん》を少し投げ入れた。ストーブの上には錫《すず》のやかんが乗っていた。《もう少しですね！　もうすぐ沸きますから、グロック酒をいれましょう、あなたが眠くならないように！》

《おかまいなく》と私は答えた、《ハウケ・ハイエンの生涯を聞いていれば、眠くなったりしませんから！》

――《そうですか？》と、彼は聡明な目で私に頷きかけた。私は彼の安楽椅子に気持ちよくおさまっていた。《さて、どこまでお話ししましたかね――そう、そう、わかった！

ハウケは父の遺産を受け継ぎ、そしてアンチェ・ヴォーラースのお婆さんも病気で亡くなったので、その分の土地も増えた。しかし父の死以来、もしくは父の最期の言葉を聞いて以来、子供時代から萌芽として抱いてきたあるものが、彼の中で育ち始めた。彼は、何度も何度も繰り返し、もし新しい堤防監督が必要になったら、自分こそがふさわしいと自分に言い聞かせた。この言葉をこそ、すべてを見通していたあの父、村で一番賢かった父が、遺産に添えて最後に与えてくれたのだった。同じく父に与えられたヴォーラースの土地が、この高みへと上る踏み石のひとつ目となるはずだった！　というのも、確かにこれだけでは――堤防監督になるには、もっとたくさんの土地を所有していなければならない！　――しかし、彼の父はひとりぼっちの歳月を切り詰めて生活し、我慢した分を新しい財産に変えていた。これなら自分にもできる、いや、もっとできる、父の力はすでに燃え尽きていたのだが、自分はまだ何年も重労働に耐えられる！——しかし財産の面で何とか工面をつけたとしても、老堤防監督による管理に鋭い厳しさを付け加えていたせいで、彼は村人たちによく思われていなかった。それに昔から対立していたオーレ・ペータースが最近遺産を相続して、金持ちになろうとしていた！　いくつもの顔が彼の脳裏をよぎり、どれも憎々しげな目で睨んでいるのだった。するとこの人たちへの恨みが湧き起こって、彼らをつかもうとするかのように、彼は腕を伸ばした。誰よりも彼にこそ天命のある職から、あの人たちは彼を追い立てようとしている。——この思いは彼を放さず、何度も廻ってきた。こうして彼の若い心には、名誉心と愛の裏に、功名心と憎しみとが育っていった。しかしこのふたつのものは心の奥深くに隠されていて、エルケでさえもこれに気付いてはいなかった。

——新年が巡って来ると、結婚式がひとつあった。花嫁はハイエンの家の親戚で、ハウケとエルケはふたりとも招待されていた。それだけでなく、祝宴ではある近縁の人が欠席したため、ふたりは隣席になった。ふたりの表情に一瞬浮かんだ微笑だけが、心の喜びを漏《も》らすのだった。しかしエルケはその日、おしゃべりの声と乾杯の響きとに埋もれてぼんやりとしているようだった。

「どうかした？」とハウケは尋ねた。

――「あら、なんでもないの。ただ、あんまり人が多くて。」

「でも、悲しそうな顔をしてる！」

彼女は首を振った。それからふたりとも、また黙ってしまった。

あまり彼女が黙っているので、彼の心には嫉妬のようなものが芽生えて、垂れ下がっているテーブルクロスの下でそっと彼女の手をつかんだ。その手は逃げたりせず、信頼を込めて彼の手を握り返した。毎日父親の衰えた姿を見つめるうちに、取り残されていくような不安に襲われたのだろうか。――ハウケはそんなことを考えてみようともしなかった。しかし、今、ポケットから金の指輪を取り出しながら、彼の息は止まってしまった。「このまま、はめていてくれる？」と、彼はほっそりした手の薬指に指輪をはめて、震えながら尋ねた。

テーブルの向かい側には牧師夫人が座っていた。急にフォークを置くと、彼女は隣席の客に顔を向けて、「まあ、あの娘を見て！」と言った。「真っ青になっていくじゃない！」

しかしエルケの顔にはもう血の気が戻っていた。「待っていられる、ハウケ？」と彼女は小声で訊いた。

賢いフリースラント人のハウケはしばらくの間考え込んだ。それから、「何を？」と言った。

——「わかってるでしょう。言う必要はないわ。」

「確かにそうだ」と彼は言った、「うん、エルケ、待っていられるよ——見極めのつくくらいの間ならね！」

「ああ、すぐじゃないかと思うの！　そんな風に言わないで、ハウケ。私のお父さまが死ぬっていうのに！」彼女はもう一方の手を胸に当てた。「それまで」と彼女は言った、「金の指輪はここに掛けておくから。私の生きている限り、返される心配はいらない！」

そしてふたりは微笑み、手と手をぎゅっと握りしめたので、こんな機会でもなければ、娘は叫び声をあげかねないほどだった。

牧師夫人はその間、ずっとエルケの目を見つめていた。その目は、金襴《きんらん》の帽子から下がったレースの縁の影で、今や暗い炎のように燃えていた。テーブルでのがやがやとした音が段々大きくなったので、夫人には何も聞こえなかった。夫人は隣の客に顔を向けることもしなくなった。婚姻の芽生えは――夫人にはどうやらそんなことのように思えたので――邪魔しないことにしていた。夫である牧師のための結婚式代も一緒に芽生えることだから。

エルケの予感は的中した。復活祭を過ぎたある朝のこと、堤防監督テーデ・フォルカーツがベッドで亡くなっているのが見つかった。その面差しには、安らかな最期であったことがうかがわれた。この数ヶ月、生きるのにもう疲れたとこぼしていたところだった。大好物の肉のロースト、鴨のローストさえ、もう味がしなくなっていた。

そこで村では盛大な葬儀が行われることになった。高台の教会の周囲には墓地があり、その西側に鋳物《いもの》の柵で囲われた墓があった。今は幅の広い青い墓石が持ち上げられ、枝垂《しだ》れたとねりこの木に立てかけてあった。墓石には顎にぎざぎざの歯が生えた死の姿が刻まれていて、その下には大きな文字でこう書いてあった。

これぞ死なり、全てのものを喰い尽くし、

手の技も学問も奪い去る。
賢き人も今や滅びぬ――
神よ、かの人に至福なる復活を与えたまえ！

これはかつての堤防監督フォルカート・テートセンの墓だった。ここに新しい穴を掘って、その息子である、今度亡くなった堤防監督テーデ・フォルカーツが葬られるのだ。もう低地の方から葬儀の列が上って来た。教区のすべての村から来た沢山の馬車、その先頭には重い棺が、堤防監督の厩《うまや》のつやつやとした二頭の黒い馬に引かれて、高台への砂の坂をもう登りかけている。馬のたてがみと尾は、早春の切るような風になびいている。教会を囲む墓地は塀の際《きわ》まで人が溢れ、石積みの門の上にさえ、少年たちが小さな子供を抱えて座っている。みんな葬儀が見たいのだ。

低地の家では、エルケが広間と居間とに葬儀の宴の準備を整えていた。年代もののワインが並べられ、堤防監督長官と――今日という日はこの人もやって来たので――そして牧師の席には長いコルクで栓をした上等のワインが一本ずつ置かれた。準備が整うと、彼女は家畜小屋を通って裏庭の戸口に立った。誰にも出会うことはなかった。下男たちは二台の馬車で葬列に加わっていた。彼女はここに立ち止まり、喪服を春風にそよがせたまま、最後の馬車が村をかすめて教会へと上って行くのを遠くに眺めた。しばらくして、教会の方からざわめきが伝わり、すぐにまた死の静けさが続くかと思われた。エルケは手を組み合わせた。きっと今、棺を墓穴に沈めているところだ。「かくして汝、塵《ちり》に帰るべし！」思わず、小さな声で、まるであちらから聞こえてくるかのように、彼女は復唱した。そして彼女の目は涙で溢れ、胸の前に組んだ手は膝に落ちた。「天にまします我らが父よ！」と彼女は熱心に祈った。そして主の祈りが終っても、まだ長いこと身動きもせずに、この大きな低地の農場の新しい女主人となった彼女は立っていた。そして死への思いと、生への思いとが、彼女の内でせめぎあい始めた。

遠い車輪の音に彼女は我に帰った。目を開くと、車が一台、また一台と速度を上げて低地から彼女の屋敷の方へと走ってくるのが見えた。彼女は背筋を伸ばし、もう一度遠くを鋭く眺めやってから、来たときと同じように家畜小屋を通って、厳《おごそ》かに飾られた部屋へと戻った。ここにも誰もいなかった。ただ壁の向こうに女中たちの動き回る音が聞こえるだけだった。葬儀の食卓は静かで孤独だった。窓の間にある鏡も、鉄の暖炉についた真鍮《しんちゅう》のボタンも、白い布で覆われていた。部屋の中に光るものは何もなかった。エルケは、父が最期の眠りに就いた箱型のベッドの扉が開いているのを見て、歩み寄り、しっかりと閉めた。放心したように、彼女はバラや石竹に囲まれた金文字の格言を読んだ。

日々の務めを成し遂げたれば
眠りは自ずから訪れるべし。

これは祖父の時代のものだった！　――彼女は壁の戸棚に目をやった。それはもうほとんど空になっていたが、ガラス戸の向こうにまだ切子のグラスがあるのが見えた。そのグラスは、父がよく話していたように、若い頃、吊り下げられた環を槍で突く騎馬競技で賞品に貰ったものだった。彼女はそれを取り出し、堤防監督長官の席に置いた。それから彼女は窓際に寄った。土手を登ってくる車の音が聞こえたからだ。次々と家の前に着くと、葬儀にやって来たときよりも元気づいた様子で、客たちが座席から地面へと飛び降りた。手をこすり、おしゃべりをしながら皆が部屋に入り、間もなく豪華な席に座ると、趣向を凝らした料理が湯気を立てているのだった。広間には堤防監督長官と牧師が座り、ここに死がその恐ろしい沈黙を押し広めたことなどなかったかのように、テーブルの端から端まで、にぎやかなおしゃべりが飛び交った。エルケは口をつぐんだまま女中たちとテーブルを回って、葬儀の食卓に何の落ち度もないよう、客に目を配っていた。ハウケ・ハイエンも、オーレ・ペータースや他の小地主たちと並んで居間に座っていた。

食事が終ると、部屋の隅から白い陶器のパイプが取り出され、火がつけられた。そしてエルケはまた、コーヒーの杯を配って回るので忙しかった。今日はコーヒーもふんだんに振舞われるのだった。居間では亡き人の立ち机のところで、堤防監督長官が牧師と白髪の堤防委員イェーヴェ・マナースと話し込んでいた。「万事良しですな、皆さん」と長官は言った、「これで私たちも、老堤防監督を名誉をもって埋葬したわけです。ですが、新しい堤防監督は、どこから引っ張ってきたものでしょう？　マナースさん、あなたはこの栄誉からもう逃げられないと、私は思うのですが！」

マナース老人は白髪から黒いビロードの帽子を取って、微笑んだ。「堤防監督長官さま」と彼は言った、「それでは随分と出番が短くなりましょう。亡くなったテーデ・フォルカーツが堤防監督となりましたとき、私も委員になりまして、もう四十年も経ちます！」

「それはべつに困ったことでもあるまい、マナースさん。それならもう仕事をよく知っているというわけで、何の苦労もせずに済むというものです！」

しかし老人は首を振った。「いえいえ、長官さま、今のままでいさせてください、そうすればまだ後何年かはついていけますから！」

牧師もこれに加勢した。「なぜ」と彼は言った、「この数年実際に職務を実行していた者を堤防監督にしないのですか。」

長官は彼を見つめた。「何の話ですか、牧師さま！」

しかし牧師は、ハウケがふたりの年長の人たちに何かをゆっくり慎重に説明しているらしい広間の方を指差した。「あそこにいますよ」と彼は言った、「フリースラント人らしく背が高くて、細い鼻に賢そうな灰色の目、その上では額がふたつに盛り上がっているでしょう。前の堤防監督の下男だった者で、今は自分の小さな地所にいます。少し若くはありますが！」

「三十代かな」と、長官は指差された者を値踏みしながら言った。

「二十四になるかならぬかですよ」とマナース委員は言った、「でも、牧師さまのおっしゃるとおりです。ここ何年かに、堤防や水門のことで堤防監督の事務所から何かいい提案が出たとしたら、それはあの人が出したものです。前の監督は、最後にはもういないも同然でしたから。」

「そうかね？」と長官は言った、「それで、あなたがたは、あの男が以前の主人の役職に就くのがふさわしいと考えているのかね？」

「ふさわしいのは確かですが」とイェーヴェ・マナースは答えた、「あの人にはここいらで〈足の下の粘土〉と呼ぶものが欠けていまして。父親の時代には十五反、今は二十反ほどの土地を持ってはいますが、それくらいの土地で堤防監督になった者は、ここではありませんね。」

牧師がもう口を開けて何か反論しようとしたそのとき、しばらく前から部屋にいたエルケ・フォルカーツがふいに歩み寄った。「長官さま、ひと言申し上げてもよろしゅうございますか？」と彼女は長官に話しかけた。「誤解のせいで、不当なことが起こらないために申し上げたいのです！」

「ではお話しなさい、エルケさん！」と彼は答えた、「可愛らしい娘さんの口からなら、真理も快く響くものです！」

――「真理などではありません、長官さま、ただ事実を申し上げたいだけなのです。」「事実にも、耳を傾けなくてはなりませんね、エルケさん！」

娘は濃い色の目でもう一度左右を見回して、余計な耳が聞いていないのを確かめる様子だった。「長官さま」と彼女は口を切り、その胸は大きく波打った、「私の名付け親のイェーヴェ・マナースは、ハウケ・ハイエンはたったの二十反ほどの土地しか持っていないと申し上げました。これは今のところ真実ですが、でもいざとなれば、ハウケは私の父の、そして今は私の屋敷の持つ土地の分だけ、財産を増やすことができるのです。これを合わせれば、堤防監督になるのに充分ではないでしょうか。」

マナース老人は白髪の頭を彼女の方へ伸ばした。まるでそこでしゃべっているのがいったい誰なのか、よく見ようとでもいうように。「何だって？」と彼は言った、「お嬢ちゃん、何の話だい？」

しかしエルケは黒い紐を引っ張って、胴着《どうぎ》から輝く金の指輪を取り出した。「私、婚約しています、マナースのおじさま」と彼女は言った、「ここに指輪があります、そしてハウケ・ハイエンが私の婚約者です。」

――「それで、いつ――聞いてもよかろう、洗礼盤から赤ん坊のおまえさんを持ち上げたのはこのわしなんじゃからな、エルケ・フォルカーツよ――、いつそうなったんだい？」

――「もう、大分前からです。でも、おじさま、私はもう成年には達していました」と彼女は言った、「父はもう弱っていましたし、あの性格なのはわかっていましたから、もうこんなことを話して心配をかけたくなかったのです。今は、神さまのもとにいますから、自分の子があの人のそばで大丈夫だとわかってくれるでしょう。一年喪に服している間は黙っているつもりでしたが、ハウケとコークのために、話さないわけにはいかなくなりました。」そして堤防監督長官に向かって、「長官さまは、お許しくださいますね！」

三人の男たちは顔を見合わせた。牧師は笑い、年老いた委員は「ふむ、ふむ！」というだけで言葉を呑み、長官は重大な決断を迫られているかのように額をこすった。「ええ、お嬢さん」とついに彼は言った、「しかし、このコークでは結婚の際の財産権はどうなっていますかな。白状しますが、混乱してしまって、法律がどうだったかわからないのです！」

「長官さま、ご心配には及びません」と堤防監督の娘は答えた、「結婚式の前に、婚約者に財産を譲渡するつもりです。私にも小さな誇りというものがございます」と、彼女は微笑みながら付け加えた、「村一番のお金持ちと結婚したいのです！」

「さて、マナースさん」と牧師は言った、「名付け親のあなたも、私が若い堤防監督と、前監督の令嬢とを一緒にすることに、反対はなさいませんね！」

老人はただそっと首を振った。「神さまが、祝福してくださいますように！」と彼は敬虔《けいけん》につぶやいた。

堤防監督長官は娘の方に手を伸ばした。「エルケ・フォルカーツさん、あなたのおっしゃることは正しく、賢明です。こんなにしっかりと事情を説明してくださって、本当に感謝します。そして、将来は今日よりももっと喜ばしい折にあなたの家の客となりたいと願っています。ですが――こんなに若いお嬢さんが堤防監督を仕立て上げるとは、まったく驚きですな！」

「長官さま」とエルケは答え、真剣な眼差しでもう一度親切な長官を見つめた、「立派な男性でしたら、女の身が手助けをしてもかまいませんでしょう！」そして彼女は隣の広間に移り、ハウケの手に黙って自分の手を滑り込ませた。

その数年後のこと、テーデ・ハイエンの小さな家にはがっしりとした労働者が妻子とともに住んでいた。若き堤防監督ハウケ・ハイエンは妻のエルケ・フォルカーツとともに、彼女の父譲りの屋敷に住んでいた。夏にはとねりこの大木が昔と同じく、家の傍らでざわめいた。しかし、今その下にしつらえられたベンチには、夕方になると大概若い妻ひとりが手仕事を持って座っていた。この夫婦にはまだ子供がなかったのだ。夫は夕方に家の前で休むより他に、色々としなければならないことがあった。前任者の管理していたころから、彼が手伝っていたにもかかわらず沢山のことが手付かずで放ってあったのだ。当時は手を付けるべきでないと思っていたのだが、もう片付ける潮時と、彼は箒《ほうき》を振るい始めた。そのうえ、自分の土地が加わってさらに豊かになった農場を切り回さなければならないのに、下働きの下男を置かずに済ませようとしていた。それで夫婦は、教会に行く日曜日でなければ、大概はハウケが急いで昼食をとる間と、朝夕の他には顔を合わせることはなかった。それは延々と続く仕事の日々、それでも満足な日々だった。

そのうちに、ある心ない言葉が飛び交うようになった。――ある日曜日、礼拝の後で、低地と高台の若い地主たちのうちでも少々不穏な一群が居酒屋での一杯に座りこんでしまった。そうして四杯目か、五杯目かを飲むうちに、王様や政府のことまではいかなかったが――当時はそんな上の方まで目をやることはなかったので――それでも村役人や長官、中でも村の税や負担のことなどの話になった。長々と議論すればするほど、そういったものが段々と気に入らなくなり、特に堤防のための新しい負担の数々が不満の的となった。これまで大丈夫だった水門や排水溝が、今ではどれもこれも修繕が必要だという。堤防には、手押し車に何百杯もの土が必要な箇所が次々と見つかる。そんな話、悪魔にくれちまえ！

「そりゃ、あんたらの賢い堤防監督さまのせいだよ」と高台の地主のひとりが叫んだ、「いつも考えごとばかりして、何にでも手出しするんじゃないか！」

「そうだ、マルテン」と向かいに座ったオーレ・ペータースが答えた、「確かにそうだ。あいつはずる賢い、それに、長官に気に入られようってのさ。だが、もうあいつが堤防監督なんだから、しょうがない。」

「どうしてあんなのを背負い込まされたんだい？」と相手が尋ねた、「今となっちゃあ、金を払わされるばっかりだろう。」

オーレ・ペータースは笑った。「そうだ、マルテン・フェッダース、おれたちのところじゃ、いつもこうなんだ、もうどうにもならん。前の堤防監督は父親のおかげでなったし、今度のは女のおかげだ。」テーブルの周りで巻き起こった笑いは、この上手い言い草が皆の気に入った証拠だった。

しかしこれは皆のいる居酒屋で言われたことなので、その場には留まらず、すぐに高台の村、そして低地の村へと広がり、ハウケの耳にも届いた。そして彼の脳裏をまた悪意のある顔がいくつもよぎり、彼の耳には居酒屋での笑い声が、実際よりもさらに憎々しく響いた。「犬め！」と彼は叫び、まるでその犬どもを鞭打とうとするかのように、憤りの目であたりを睨んだ。

そこでエルケは彼の腕に手を置いた。「放っておきなさい。みんな、あなたがうらやましいだけなのよ！」

――「それが悪いんだ！」と彼は憤った。

「それに」と彼女は続けた、「オーレ・ペータースだって、お金持ちの奥さんと結婚したんじゃない。」

「そうだ、エルケ。でも、ヴォリーナと結婚して手に入れた財産は、堤防監督になれるほどのものじゃなかったんだ！」

――「それよりあの人自身が、堤防監督になれるほどのものじゃなかった、って言ったほうがいいわ！」そしてエルケは鏡に姿が映るように、夫をくるりと回した。ふたりは部屋の窓と窓の間に立っていたのだ。「さあ、あそこに堤防監督が立っているでしょう！」と彼女は言った、「見てみなさい。職務を全うできる人だけが、地位を得るのよ！」

「間違ってはいないね」と彼は考え込みながら答えた、「だけど……さあ、エルケ、東の水門を見てこないと。また戸がしっかり閉まらないんだ！」

彼女は彼の手を握りしめた。「ねえ、私をちゃんと見て！　どうしたの、遠くばかり見て？」

「何でもない、エルケ、おまえの言うとおりだ。」

彼は出て行った。しかし出て行くと間もなく、水門の修理のことは忘れてしまった。半ば練り上げたまま、何年もの間懐《ふところ》におさめてきた考え、忙しい役職のためにしまいこんでいた計画が、また新たに、以前よりも強く彼の心を捉え、まるで急に翼が生えたかのような心地だった。

自分ではほとんど気付かないまま、彼は海のほとりの堤防に立っていた。町に向かってかなり南に出て行ったところだ。こちらに向かって伸びていた村は、とっくに彼の左手から消えていた。目を海側へ、幅広い砂州の方へ向けたまま、彼はどんどん歩いていった。もし彼の傍らを歩む者があったならば、その灰色の目の奥で精神が粘り強く働いているのを見ることができたに違いない。ついに彼は立ち止まった。砂州はここで細い帯となって堤防に消えていた。「できるはずだ！」と彼は独り言を言った。「七年も職務に就いているのだ。妻のお陰で堤防監督になったなんて、もう言わせない！」

彼はまだ立ったまま、鋭く考え深い眼差しを草の生えた砂州の四方に彷徨わせた。それから彼は行き戻り、目の前の広大な土地が再び細長い緑の牧草地に変わるところにたどり着いた。しかし牧草地の中、堤防のすぐ近くを激しい海流が流れていて、砂州のほぼ全体を陸地から切り取り、離れ島としていた。荒削りの木の橋が渡っていて、干草と穀物の車や家畜が行き来できるようになっていた。今は引き潮で、九月の金色の光が百歩ほどの幅の砂州とその中を走る深い水脈とに注いでいた。海はまだ水脈の中を流れていた。しばらくその流れを見つめたあと、「きっと堰き止められる」とハウケはつぶやいた。そして目を上げ、足もとの堤防から水脈を渡り、切り離された土地の縁をなぞって南へと伸び、東を向いてあちら側の水脈を渡ったあと再び堤防につながる線を頭に思い描いた。彼の描いた見えない線とは新しい堤防であり、その断面の構造の点でも、これまで彼の頭の中でしか存在していなかった新しいものだった。

「これで約一千反のコークができる」微笑みながら、彼はつぶやいた、「それほど大きくはないが、それでも……」

別の算段が頭に浮かんだ。堤防外の土地はこの村のもので、住民たちは村の中に持っている土地の割合に応じて配分を受け、正当な取りひきであればその権利を売り買いすることもできた。ハウケは自分とエルケの父から相続した土地の分と、そして結婚してから半ばは将来の利益をぼんやりと予感しながら、また半ばは羊の数が増えたために買い増しした権利とを合わせると、どれだけの配分になるか数え始めた。それはもうかなりの数になった。というのも、オーレ・ペータースからその配分全部を買い取っていたからで、土地の一部が冠水したときに一番立派な雄羊が溺れ死んだというので、オーレはすっかり嫌になってしまっていたのだ。しかしあれは稀な不運というべきで、ハウケが思い出せる限りでは、高潮のときでもあの土地は端が波を被る程度だった。彼の新しい堤防で囲ったならば、どんなに立派な牧草地と穀物畑ができるだろう、どんなに価値が上がるだろう！　彼の頭は酔ったように沸きかえった。しかし彼は手のひらに爪を押し付けて、目の前にあるものを正確に、冷静に見極めようと目を凝らした。堤防のない大きな平面、だがあと数年の内にどんな嵐や高潮に襲われるか知れない、その遠くの端を今、汚れた羊のひと群れがゆっくりと草を食みながら動いて行く。それにこれは、彼にとっては山ほどの仕事と、戦いと、憤りの種を意味していた！　にもかかわらず、堤防を降り、我が家の土手の右へと畑を抜けて行く小道に向かったときには、彼は大きな宝物を持って帰るような気持ちがした。

玄関でエルケが彼を迎えた。「水門はどうだった？」と彼女は訊いた。

彼は秘密めいた微笑みを浮かべて彼女を見下ろした。「もうすぐ別の水門が必要になるだろう」と彼は言った、「それに排水溝と、新しい堤防も！」

「何の話なの」と一緒に部屋に入りながらエルケは答えた、「何をするつもり、ハウケ？」

「私はね」と彼はゆっくりと言い、一瞬の間を置いた。「私はね、うちの屋敷の向かいから始まって、西側に広がっている大きな砂州を堤防で囲って、しっかりとしたコークにしたいのだよ。もうひと世代ものあいだ、高潮は鳴りを潜めてきた。でもまたひどいのがやってきて、草がだめになったら、せっかくの素晴らしい土地が台なしになるかもしれない。これを今まで放っておくなんて、怠け者のすることだ！」

彼女は驚いて彼を見つめた。「それは、自分を責めているも同じでしょう！」と彼女は言った。

――「その通りだよ、エルケ。でもこれまでは他にあまりたくさん仕事がありすぎたんだ！」

「そうね、ハウケ、本当に、あなたは充分にやったわ！」

彼はかつての堤防監督の安楽椅子に座り、両手で肘掛をぎゅっとつかんだ。

「それだけの勇気はあるの？」と妻は訊いた。

――「ああ、あるよ、エルケ！」と彼は急き込んで答えた。

「あせってはだめ、ハウケ、命がけの大仕事よ。ほとんどの人が反対するでしょう。いくら苦心しても、感謝はしてもらえないでしょう！」

彼は頷いた。「わかってる！」と彼は言った。

「それに、もし上手くいかなかったら！」と彼女はまた声を上げた、「子供の頃から聞いているの、あの水脈は埋められないって。だから手を出してはいけないんですって。」

「それは怠け者どもの言い訳だよ！」とハウケは言った、「どうして水脈が埋められないっていうんだい？」

――「それは聞いていないの。多分、真っ直ぐに伸びているから、流れが速すぎるんじゃないかしら。」――そこで彼女は何事かを思い出し、まじめな眼差しからいたずらと言ってもいいような笑みがのぞいた。「子供のとき」と彼女は言った、「下男たちがしゃべっているのを聞いたの。あそこを堰き止めるのには、何か生き物を投げ込んで、埋めてしまわなければいけないって。百年くらい前に向こう岸の堤防を作ったとき、ジプシーの子が生き埋めにされたそうなの、母親にたくさんお金を積んで買い取ったとか。今どき、子供を売る親はいないでしょう！」

ハウケは首を振った。「それなら、私たちに子供がなくて良かった。うちの子をよこせと言い出しかねないからね！」

「取らせやしないわ！」とエルケは言って、おびえたように体に腕を巻きつけた。

ハウケは微笑んだ。しかし彼女はもう一度尋ねた、「それで、たくさんの費用は？考えたの？」

——「考えた、エルケ。新しい土地で得る収益は、費用を大きく上回るはずだ。古い堤防にかかっている維持費も、新しい方が肩がわりする分、かなり減るだろう。工事は自分たちで行うのだし、村には車が八十台もある。若い働き手には事欠かない。おまえが私を堤防監督にしたのも、無駄ではなかったんだ、エルケ、私も立派な堤防監督だと、皆に見せたいんだよ！」

彼女は彼の前に膝をついて、心配そうに彼を見つめ、ため息をつきながらまた立ち上がった。「さあ、仕事に戻らないと」と彼女は言い、彼の頬をやさしく撫ぜた、「あなたも自分の仕事をなさってください、ハウケ！」

「アーメン、エルケ！」と彼は厳粛な微笑みを浮かべて言った。「仕事なら、ふたりともあるからね！」

――ふたりにはたっぷりと仕事があった。しかし、夫の肩には今、最も重い荷がのしかかることとなった。日曜日の午後も、そして日々の仕事の後にも、ハウケはしばしばひとりの有能な測量士とともに座り、計算や図面、設計図と取り組んでいた。ひとりのときにも同じように働き、終るのは夜中をとうに過ぎたころだった。それから彼は夫婦一緒の寝室へと足を忍ばせて入った――居間に置かれた暗い箱型のベッドは、ハウケの代にはもう使われることはなかった。妻は、夫がやっと休めるよう、目を閉じたまま眠ったふりをしていた。本当は、胸を高鳴らせながらただ彼を待っていたのだが。それから時折り彼は彼女の額にキスをして、そっと愛の言葉をささやき、眠りの床に就いたのだが、その眠りも一番鶏の鳴く頃にやっと訪れることが多かった。冬の嵐のさなかにも、彼は紙と鉛筆を手に堤防へ出て、大風が頭から帽子を吹き飛ばし、長い色褪せた髪が熱い顔の周りにはためくのも構わずに、立ったまま図を描き、走り書きをした。やがて、氷が行く手を塞いでいるのでない限り、下男と小舟に乗って遠浅の海に出て、錘《おもり》と棒とでまだよくわかっていない海流の深さを測るようになった。エルケは心配で震えてばかりだった。それでも彼が帰ってくると、ぎゅっと握り締める彼女の手と、いつもは静かな彼女の目から閃く光とからその心配が窺《うかが》われるだけだった。「辛抱してくれ、エルケ」と、あるとき夫を放したくないような顔をしている妻に彼は言った。「申請書を出す前に、自分ではっきり確認しておきたいのだよ！」そこで彼女は頷き、彼を放した。町の堤防監督長官のところへ馬で出かけて行くことも、少なくはなかった。そしてこれらの用事と、家と農場の切り盛りが終っても、仕事は夜中まで続くのだった。仕事以外でのひととの付き合いはほとんどなくなった。自分の妻とさえ、顔を合わせることは減っていった。「こんな辛いことが、これからずっと続くのね」とエルケはつぶやき、自分の仕事に向かった。

ついに、太陽と春風とがあちこちで氷を破り、準備も仕上げが整った。上層機関への推薦を乞うため、堤防監督長官に宛てられた申請書には、公益、特にコークの利益と、また数年の後にはこの新しい土地から一千反分の租税が見込まれることから、政府の財政にとっての利益とを促進するため、併記の砂州への堤防建設を提言致しますとあり、きれいに清書され、水門や水路など各所の現在と将来との図面や設計図を添えて、どっしりとした書類の束に収められ、堤防監督の印で封印された。

「できたよ、エルケ」と若き堤防監督は言った、「さあ、これに祝福を与えておくれ！」

エルケは自分の手を彼の手に置いた。「私たち、しっかり手を取り合っていきましょう」

と彼女は言った。

——「そうしよう。」

そして申請書は騎馬の遣いで町へと運ばれていった。

もうおわかりでしょうが》と学校の先生は物語を止めて、澄んだ目で親しげに私を見据えた。《これまでお話したことは、私がこのコークで四十年にならんとする職務の間に、分別のある人びとから伝わっていることや、その人たちの孫や曾孫の語ることから紡ぎ合わせたものです。ですが、物語の結末と重ね合わせてお考えになれるように、これからお話しなければならないことは、当時も今も、万聖節の頃に紡ぎ車が回り始めるとすぐに、低地の村中で噂される話です。

堤防監督の屋敷から北へ五百から六百歩ほど行くと、当時は堤防の上から遠浅の海を何千歩も外まで見渡すことができ、対岸の低地の岸辺よりも少し離れたところに「イェヴァーの砂地」とか「イェヴァーの小島」と呼ばれる小さな島が見えた。当時の人たちの祖父の時代には、そこはまだ草が生えていたので、羊の放牧に使われていた。しかし低い島の土地がちょうど真夏に何度か海水に浸ったため、その草もいじけて、放牧の役には立たなくなってしまった。そういう訳で、もうそこには鷗やその他水辺を飛ぶ鳥たち、それにミサゴが時どきやってくるだけになっていた。月の明るい晩には、堤防に立つとただ霧が薄く濃く島の上を流れているのが見えた。溺れた羊の白く洗われた骨と、誰もどうしてそんなものがそこへ着いたのか知らなかったのだが、馬の骸骨とが、東から上った月が小島を照らすと見えると言われていた。

三月の終わりのこと、ここにテーデ・ハイエンの家に住む日雇いの労働者と、若い堤防監督の下男、イヴェン・ヨーンスが一日の仕事を終えて、並んで立っていた。茫漠《ぼうばく》とした月の光に照らされて微かに見えている小島を、じっと身動きもせずに眺め、何か奇妙なものに目を引き付けられているようだった。日雇い労働者はポケットに手を突っ込んで身を震わせた。「おい、イヴェン」と彼は言った、「あれは良くないもんだ、帰ろうぜ！」

もうひとりは笑ったが、その笑いには戦慄が潜んでいた。「何だい、あれは動物だよ、大きな動物だ！　いったい誰が、あんなちっぽけな泥の塊のうえに追いやったんだろうね！　見ろよ、こっちに首を伸ばしてるぜ！　いや、もう頭を下げた。草を食《は》んでるんだ！　食べ物なんか、ないと思ったんだがなぁ！　あれは何だろう？」

「知るもんか！」と相手は答えた、「おやすみ、イヴェン、一緒に来ないなら、おれはもう帰るからな！」

――「わかった、わかった、おまえにはかみさんがいるからな、あったかいベッドにも入れるってもんさ！　おれのところなんか、部屋の中にも三月の風だよ！」

「じゃあ、おやすみ！」と労働者は堤防を家の方へと歩きながら答えた。下男も歩いて行く男の方を何度か見やったが、怖いもの見たさの心に足を引き留められていた。そこへ、村の方から背の低い影が堤防の上をやって来た。それは堤防監督の遣い走りの少年だった。「カルステン、おまえ、おれに何か用かい？」と下男は呼びかけた。

「ぼく？　――ぼくは別に。」と少年は答えた、「でも、亭主さまがあんたにお話があるってさ、イヴェン・ヨーンス！」

下男はまた目を小島のほうに向けていた。「すぐだ、すぐ行くよ！」と彼は言った。

「何見てるの？」と少年は尋ねた。

下男は腕を上げ、黙って小島を指した。「うわぁ！」と少年は小さな声をあげた、「馬が歩いてる――白馬だ――悪魔でも乗ってるのかな――どうやって馬がイェヴァーの島に渡ったんだろう？」

――「わからん。カルステン、あれが本物の馬ならいいんだが！」

「そうだよ、イヴェン、見て、ちゃんと馬みたいに食べてるじゃないか！　でも、誰が運んだんだろう。村にそんなに大きな舟はないよ！　でも、もしかしたら、ただの羊かもしれないね。ペーター・オームは、輪っかに積んだ泥炭《でいたん》が十もあれば、月の光には村みたいに見えるって言っていたよ。あれ、見て！　跳ねてる――本当に馬だよ！」

ふたりはしばらく黙って立ち、向こうをうろうろと動くはっきりとしない姿を凝視していた。月は高く上り、ぬらりと輝く泥の面がちょうど上げ潮の水に洗われ始めた干潟を、広々と照らしていた。この広漠とした景色からは、ただ微かな水の音だけが聞こえ、獣の声はなかった。堤防の内側の低地も、空っぽだった。牛たちはもう小屋に入っていた。何も動くものはない。ただ彼らが馬だと、白馬だと思ったものだけが、小島の上で動いているようだった。「明るくなるぞ」と下男が静寂を破った、「羊の骨が白く光ってるのがはっきり見える！」

「ぼくも」と少年は言って首を伸ばした。しかし、急に思い出したように、彼は下男の袖をつかんだ。「イヴェン」と彼はささやいた、「あそこにいつもあった馬の骨、あれはどこ？　見えないよ！」

「おれにも見えない。変だな！」と下男は言った。

――「そんなに変でもないよ、イヴェン！　時どき、どういう夜にだか知らないけど、骨が立ち上がって、生きてるふりをするっていうよ！」

「そう？」と下男は答えた、「そりゃ、婆さんどもの迷信だろう！」

「そうかもね、イヴェン」と少年は言った。

「だが、そうだ、おまえはおれを呼びに来たんだったね。さあ、家へ帰ろう！　いつまで見てても同じだよ。」

少年は根が生えたようになって、無理やりに向きを変えて道の方に連れてこなくてはならなかった。「カルステン、いいか」と下男は気味の悪い小島から大分離れてから言った、「おまえは怖いもの知らずで通ってる。おまえ、自分で見てこようと思ってるな！」

「うん」とカルステンは答えたが、いまさらながら少し寒気を覚えていた。「うん、そうしたいんだ、イヴェン！」

「本気かい？　――なら」と、少年が熱意を込めて手を差し出すのを待って下男は言った、「明日の夜、小舟を出そう。おまえはイェヴァーの砂地に渡る。おれはその間、堤防の上に立ってる。」

「うん」と少年は答えた。「いいよ！　鞭を持って行こう！」

「そうしな！」

黙りこくったままゆっくりと高い土手を登り、ふたりは主人の家にたどり着いた。

次の夜のほぼ同じ時刻、下男が家畜小屋の前の大きな石に座っていると、少年が鞭を鳴らしながらやって来た。「妙な音がするね！」と下男は言った。

「そうだよ、気をつけな」と少年は答えた、「紐に釘を編みこんであるんだ。」

「おいで！」と下男は言った。

月は昨夜のように東の空にかかり、高みから光を放っていた。やがてふたりとも堤防に着き、イェヴァーの小島を見やると、島は霧の塊のように水に浮かんでいた。「また歩いてる」と下男は言った、「昼食の後、ここへ来てみたが、あいつはいなかった。でも馬の白い骸骨が転がってるのは、はっきり見えた！」

少年は首を伸ばした。「骸骨はないよ、イヴェン」と彼はささやいた。

「さて、カルステン、どんな具合だい？」と下男は言った、「まだ、渡ってみる気はあるかい？」

カルステンはしばらく考え込み、それから鞭を宙で鳴らした。「イヴェン、さあ、舟を解いて！」

　向こうでは、歩いていたものが首を上げ、陸地の方へ伸ばしているように見えた。ふたりにはもうそれが見えなかった。彼らはもう堤防を下り、小舟をつないであるところにいた。「さあ、乗れ！」小舟を解くと、下男は言った、「帰ってくるまで待ってるから！　東側に舟を着けるんだ。あそこからなら上がれる！」少年は頷き、月光の中へと鞭を手に漕ぎ出した。下男は堤防の下を歩いて、前に立っていた場所に来ると斜面を登った。しばらくすると、幅の広い水脈に導かれて、島の尖った暗い端に小舟が着き、背の低い姿が地面に飛び降りるのが見えた。――あの子が鞭を鳴らすのが聞こえなかったか？　いや、満ちてくる潮の音だったかもしれない。北に数百歩行ったところに、白馬と思われたものが見えた。今だ！　――少年の姿は正にそのものに向かっていた。それは、驚いたかのように首をもたげた、そして少年は――今度ははっきりと聞こえた――鞭を鳴らした。しかし――どういうつもりだろう？　少年は踵を返し、来た道を帰ってきた。向こうにいるものは、一心に草を食んでいるようだった。いななきの声は聞こえなかった。時折り、白い水の帯がその姿をかすめて伸びるように見えた。下男は射すくめられたようにあちらを見やっていた。

するとこちら岸に小舟の着く音がして、少年が暗がりから堤防を上ってくるのが見えた。「それで、カルステン」と彼は訊いた、「あれは何だった？」

少年は首を振った。「何もなかったよ！」と彼は言った。「舟から、ちょっと前までは見えていたのに、島に下りたら——あいつ、いったいどこに隠れちまったんだか、あんなに月が明るかったのに。でも、あそこに着いたら、五、六匹の羊の白い骨があって、ちょっと向こうには馬の骸骨もあった。白くて長い頭蓋骨があって、月が空っぽな目の穴を照らしていたよ！」

「ううむ！」と下男は言った、「ちゃんと見たのかい？」

「うん、イヴェン、そこへ立ってたら、タゲリが、罰当たりめ、骸骨の向こう側で寝ていて、鳴いて飛び立ったものだから、びっくりして鞭を何回か鳴らしたんだ。」

「それだけかい？」

「うん、イヴェン、それだけだよ。」

「それで充分だ」と下男は言い、少年の腕を引いて自分の方に立たせ、小島の方を指差した。「あそこだ、見えるかい、カルステン？」

――「本当だ、また歩いてる！」

「また、だって？」と下男は言った、「おれはずっと見てたんだが、あいつは消えたりしなかった。おまえは、あの化け物に真っ直ぐ向かって行ったんだ！」

少年は彼を凝視した。彼の普段は生意気な顔に恐怖の色が浮かんだ。下男もそれに気付いた。

「おいで！」と彼は言った、「家へ帰ろう。こっちから見ると生きてるみたいに歩いていて、あっちに行くと骨が転がってる――そんなこと、おれたちの考えの及ばないことだ。黙ってた方がいい、変なことは言わないように！」

こうして彼らは踵を返し、少年は下男の傍らを早足に歩いた。ふたりは何も言わず、低地は声もなく彼らのわきに広がっていた。

――月が欠けて、夜が暗くなると、また別のことが起きた。

ハウケ・ハイエンは、ちょうど馬の市が立つときに、別の用事で町に出かけて行った。それでも夕方に帰って来ると、もう一頭の馬を連れていた。しかしその馬は毛並みも荒く、肋骨が数えられるほどに痩せこけ、目は力なく頭骸骨に落ち窪んでいた。エルケは愛する夫を出迎えるために戸口の外に出ていた。「神さま！」と彼女は叫んだ、「そんな老いぼれの白馬、どうするの？」ハウケが馬に乗ったまま、家の前までこの馬を連れて来てとねりこの木の下に止まったので、彼女にはこの可哀想な動物が足を引きずっているのも見てとれたのだ。

しかし若い堤防監督は笑いながら栗色の去勢《きょせい》馬から飛び降りた。「いいんだよ、エルケ、高くはないんだし！」

賢い妻は答えた、「安物は大概高くつくものだって、ご存知でしょうに。」

――「いつもそうとは限らないよ、エルケ、この馬はせいぜい四歳だ、よく見てごらん！　お腹を空かしてるし、扱いが悪かったんだ。うちのからす麦をやれば元気になるさ。自分でやることにしよう、餌をやりすぎないように。」

馬はその間、うなだれて立っていた。たてがみがその首から長く垂れ下がっていた。夫が下男を呼んでいる間、エルケ夫人はその周りを回って観察したが、首を振るばかりだった。「こんなのは、うちの小屋にいたことがない！」

そこへ遣い走りの少年が家の角を曲がって来ると、ふいに目を見開いて立ち止まった。

「おい、カルステン」と堤防監督は呼んだ、「いったいどうしたんだ？　私の白馬が気に入らないのかね？」

「え――いえ、亭主さま、どうしてそんな！」

――「じゃあ、馬たちを小屋に入れておくれ。飼い葉はやらなくていい、私がすぐに行くから！」

少年はおそるおそる白馬の端綱《はづな》を取り、それから急いで身を守ろうとするかのように、よく慣れている栗毛の手綱を握った。ハウケは妻と部屋に入った。暖かいビールのスープが用意してあり、パンとバターも添えられてあった。

彼はすぐに食べ終わると、立ち上がり、妻と部屋の中を行ったり来たりした。「聞いておくれ、エルケ」と彼は言った。夕日の光が壁のタイルに映っていた。「どこであの馬に出会ったかというとね、私は一時間ほど、長官のところにいた。長官は、いい報せを持っていたのだよ――いくつか、私の図面とは違うところが出るかもしれない、だが肝心の、私の斜面の型は受け入れられたのだ。あと何日かすれば、新しい堤防の建設命令が届くことだろう！」

エルケは思わず溜め息をついた。「じゃあ、本当に？」と彼女は心配そうに訊いた。「そうだ」とハウケは答えた、「厳しい仕事になる。でも、神さまはこのために私たちふたりを一緒になさったのだと思う！　うちの農場はもう大分立て直したから、大概のところはおまえが受け持って大丈夫だ。十年後のことを考えてごらん――その頃には私たちふたり、新しい財産を持つことになるんだよ。」

彼女はこの言葉の始めには、彼の手をしっかりと自分の手ではさんで応じていたが、最後の言葉には喜べなかった。「誰のための財産なの？」と彼女は言った。「別のひとと結婚しなければならなくなるわ、私は子供を授からないから。」

彼女の目から涙が溢れた。しかし彼は彼女をしっかりと腕に抱いた。「それは神さまにお任せしよう」と彼は言った、「今だって、それにその時になってからだって、私たちはまだ若いんだ、ふたりで働いて得た実りを、一緒に楽しめばいい。」

彼に抱きしめられながら、彼女は濃い色の目で彼をじっと見つめた。「ごめんなさい、ハウケ」と彼女は言った、「私も時どきこんな、女々しくなってしまって！」

彼は身をかがめ、彼女の顔にキスした。「おまえは私の妻で、私はおまえの夫だ、エルケ！　これはもう絶対に変わらない。」

そこで彼女は彼の首にしっかりと腕を回した。「そのとおりね、ハウケ、そして、未来のことは、ふたり一緒に受けとめましょう。」そして彼女は顔を赤らめながら彼から離れた。「あの白馬のことをお話してくれるところだったわね」と彼女はそっと言った。

「そうだ、エルケ。さっき言ったとおり、私は長官が教えてくれたいい報せで、すっかり嬉しくなった。そして馬に乗ってもう町を出ると、港の裏手の石畳の道で、みすぼらしい男に出会った。浮浪者か、鋳掛《いか》け屋か、何とも見分けがつかなかったね。その男はあの白馬の端綱をつかんで引いていた。馬は首をもたげて、どんよりとした目で私を見つめた。まるで私に恵みを乞うようだった。私はあのとき、確かに裕福な気分になっていたからね。私は〈おい、きみ！〉と呼びかけた、〈そのぼろ馬を連れて、どこに行くんだ？〉

その男は立ち止まり、白馬も止まった。〈売りに行くところで！〉とそいつは言って、私をずるそうに見つめた。

〈私には売らないってのかい！〉と私は冗談めかして言った。

〈売ってもいいさ！〉とそいつは言う、〈これはしっかりした馬だから、百ターラーは下らないよ！〉

私は彼を笑い飛ばした。

〈おや〉とそいつは言う、〈そんなに笑うもんじゃない。あんたにそんなに払ってくれとは言わないよ！　だが、おれのところじゃ、要らないし、だめになっちまう。あんたのところに行ったら、すぐに見栄えもよくなるさ！〉

そこで私は馬から下りて、白馬の口をのぞいてみた。確かにまだ若い馬だった。〈いくらだい？〉と私は訊いた。あの馬がまた懇願するような目で見ていたから。

〈旦那、三十ターラーでどうです！〉とそいつは言った、〈端綱も付けて！〉

そこで私はそいつの差し出した浅黒い手を握った。まるで鉤《かぎ》のように曲がった手だったよ。これでもあの白馬を充分安く手に入れたものだと思う。ただ気味が悪かったのは、私が馬たちと立ち去ろうとしたら、すぐに後ろで笑い声がするんだ。振り返るとあの流れ者が、腕を後ろに回してまだ大股に立っていて、私の後ろから悪魔みたいに笑ってるんだよ。」

「嫌ね」とエルケは言った、「その白馬が、前の主人から何か悪いものを持ちこまないといいけど！　ちゃんと育ちますように、ハウケ！」

「それはあの馬次第だよ。私もできる限りのことはしよう！」そして堤防監督は、少年に言っておいたように家畜小屋に向かった。

——しかし彼が白馬に飼い葉をやったのはその晩だけのことではなかった。彼はその後もずっと自分で飼い葉をやり、馬から目を離さなかった。彼はいい取り引きをしたと証明したかったのだ。いずれにせよ、何も間違いがあってはならなかった。——そしてほんの数週間も経つと、馬の姿勢はすっと伸びた。荒い毛は段々と消え、青い斑《ふ》の散った艶々と光る毛並みが現れた。ある日この馬を屋敷の周りで歩かせてみると、しっかりとした足取りで軽やかに歩くのだった。ハウケはあの不思議な馬売りのことを思い浮かべた。「あいつは頭がおかしかったのか、それとも盗人だったんだろう！」と彼はひとりつぶやいた。——やがて、馬は小屋にいても彼の足音が聞こえると首をもたげていななき、待ち受けるようになった。この頃になると、この馬がアラビア人の良しとするような肉のそげた顔つきをしているのがハウケにも見て取れた。その顔から茶色の目が閃くのだった。そこで彼は馬を小屋から出し、軽い鞍を置いた。そして彼が乗るとすぐに、馬の喉の奥から歓喜の声のようないななきが湧き出て、馬は彼を乗せて駆け出し、土手の道を降り、堤防へと向かった。乗り手はしっかりとまたがって、堤防に上ると、馬は静かに、軽く、踊るように歩きながら首を海の方に向けるのだった。彼は艶々とした首を叩き、撫ぜたが、馬はそんな愛撫はもう必要としてはいなかった。馬と人とは完全にひとつになったようだった。しばらく堤防を北へ駆けたあと、彼はさっと馬の向きを変え、やがて屋敷に戻った。

下男たちは坂下の門で亭主の帰りを待っていた。「さあ、ヨーン」と亭主は馬から飛び降りながら言った、「今度はおまえが乗って、牧場の他の馬のところへ連れて行くといい。まるで揺り籠のようだよ！」

下男が鞍を外し、少年がそれを持って馬具置き場に走って行く間、白馬は頭を振り、陽光の降り注ぐ低地の風景に向かって大きくいなないた。それから頭を主人の肩に乗せ、その愛撫を黙って気持ちよさそうに受けていた。しかし下男が飛び乗ろうとすると、急にわきへ飛んでまた動かなくなり、美しい目を主人に向けた。「おやおや、イヴェン」

と彼は言った、「痛い目に遭わされたね？」そして下男を地面から助け起こそうとした。下男は懸命に腰をさすった。「いいえ、大丈夫です。でも、この白馬ときたら、悪魔が乗るんだね！」

「それと私もね！」とハウケは笑いながら言い添えた。「それじゃあ、手綱を取って、牧場《まきば》に連れて行きなさい！」

そして下男が少し恥じ入りながら従うと、白馬もおとなしく連れられて行った。

――数日後の夕方、下男と少年とは家畜小屋の戸の前に立っていた。堤防の向こうに夕日が消え、堤防の内側ではコークがもう深い夕闇に包まれていた。ただ時折り、目を覚ました雄牛のうなり声や、イタチかドブネズミに襲われて命を落す雲雀《ひばり》の叫びが遠くから聞こえてきた。下男は戸口にもたれて短いパイプを吸っていたが、その煙はもう自分でも見えなくなっていた。彼と少年とはまだ言葉を交わしていなかった。しかし少年の心には何かが重くのしかかっていて、口の重い下男にどう切り出したものかと迷っていたのだった。「ねえ、イヴェン！」と彼はついに口を開いた、「あのさ、イェヴァーの砂地の、馬の骸骨のことなんだけど！」

「それがどうしたって？」と下男は訊いた。

「うん、イヴェン、あれはどうなったのかな？　もうないんだよ、昼間も、月の出てるときも。二十回も堤防に出たんだけど！」

「古い骨だから、崩れたんじゃないか？」とイヴェンは言って、ゆっくりとパイプを吸い続けた。

「でも、月の光でも見に行ったんだ、イェヴァーの砂地には、もう何も歩いていないよ！」

「そうだろう」と下男は言った、「骨が散らばってしまったら、もう立ち上がれないんだろうよ！」

「冗談はやめてくれよ、イヴェン！　ぼく、知ってるんだ、あの馬がどこにいるか、教えてあげようか？」

下男は急に少年の方を向いた。「じゃあ、どこにいるんだい？」

「どこだって？」と少年は重々しく繰り返した。「うちの小屋に立ってるよ。あそこにいるんだ、島にいなくなってからずっと。亭主さまがいつも自分で飼い葉をやるのにも、わけがあるのさ。知ってるんだ、イヴェン！」

下男はしばらく夜の闇の中へと一心に煙を吐いていた。「カルステン、馬鹿なことを言うな」と彼はやがて言った、「うちの白馬だって？　あの馬くらい、ぴんぴん生きてる馬はいないよ！　おまえみたいな怖いもの知らずが、そんな婆さんの迷信をまともに受けるなんて！」

――しかし少年の考えは変わらなかった。悪魔が取り付いた白馬が、ぴんぴん生きていてどこがおかしいのだ。おかしくなんかないぞ、そのほうがずっと怖い！　――馬が夏の間も時折り入れられる小屋に、夕方足を踏み入れるたび、そしてあの馬が炎のような首をさっと振り向けるたび、少年は身をこわばらせるのだった。「悪魔にさらわれるがいい！」と彼はつぶやいた、「もう長いこと一緒にはいないぞ！」

そうして少年はこっそりと新しい働き口を探し、仕事を辞めて、万聖節の頃にはオーレ・ペータースのところで下男になった。ここには堤防監督の悪魔の馬という話に、熱心に耳を傾ける人たちがいた。太った奥さんのヴォリーナとその耄碌《もうろく》した父である元堤防委員イェス・ハルダースは、快い戦慄を覚えながら聞き入り、後で堤防監督への反感を胸に秘めている人たちや、そういう話が好きな人たちみんなに言い広めた。

　そうするうちにも、三月末には堤防監督長官の役所から新しい堤防の建設命令が届いた。ハウケはまず堤防委員を招集し、教会わきの居酒屋にある日全員が集まって、ハウケがこれまでに積み上がった書類から大事な点を読み上げるのを聞いた。彼の書いた申請書、堤防監督長官の報告書、そして最終的な通達。そこには何よりもまず彼の提案した緩やかな傾斜を取り入れるということが書かれてあり、新しい堤防はかつてのように急に落ちるのではなく、段々と海に消えるように穏やかに傾斜することになっていた。しかし明るい顔、あるいは少しでも満足な顔で聞いている者はいなかった。

「やれやれ」とある年老いた委員が言った、「こいつは大層な下されものだ。反対してもどうにもならん、長官さまがうちの堤防監督についてるんだから！」

「そのとおりだ、デトレフ・ヴィーンス」と別のひとりが言った、「春の畑仕事が始まるってのに、延々長い堤防を作るなんて言ったら――仕事にならん。」

「大丈夫、春の仕事はゆっくり済ませることができる」とハウケは言った、「そんなにすぐに工事にかかれるわけじゃない！」

これに納得する者はわずかだった。「だけど、あんたの斜面は！」とまたひとりが言って、新しい論点を引き合いに出した。「これじゃあ堤防は外側でも水の方へだらだら延びて、きりがありゃしない！　どこから材料を取ってくるんだい？　いったいいつになったら工事は終るんだ？」

「今年とは言わないが、来年には終る。何より私たち次第だ！」とハウケは言った。

腹立たしげな笑い声が皆の間に起こった。「だが、なんだってそんな無駄な仕事をするんだ。元の堤防よりも高くはしないんだろう？」と新たな声が加わった、「あの堤防は、それに、もう三十年はもってるんじゃないか？」

「そのとおりだ」とハウケは言った、「三十年前に、古い堤防は決壊した。そこからまた三十五年前、そしてまた四十五年前にも。でもそれ以来、堤防はまだあんなに急傾斜で役立たずなまま、私たちは一番高い高潮から免れているのだ。新しい堤防は、そんな高潮が来ても、百年、また百年と残るだろう。なだらかに海に溶け込むから、波の打ち当たる場所がなく、決壊しないからだ。これで、きみたちも自分と子供たちのために安全な土地を確保することができるのだ。だからこそ、お役人がたも、長官さまも、私の肩を持ってくださるのだ。だからこそ、自分たちの利益のために、わかってほしいのだ！」

集まった人びとがすぐに答えられずにいると、年老いて白髪となった人が難儀そうに立ち上がった。それはエルケの名付け親のイェーヴェ・マナースで、ハウケのたってのの願いでまだ堤防委員の役に就いているのだった。「堤防監督ハウケ・ハイエンよ」と彼は言った、「これは随分と面倒で、金のかかる話だね、本当なら、神さまが私を休息につかせてくださるまで、待って欲しかったくらいだ。だが――おまえの言うとおりだ、反対するのは無分別というものだろう。わしらが怠けておったというのに、大事な砂州を嵐にも波にもさらわれないようにしてくださった神さまに、毎日感謝しないといけない。だが今こそ、わしらが自分の手で、知識と技術の限りを尽くしてこの土地を守り、神さまの忍耐を試すようなことは止める最後の潮時だ。わしは、皆さん、年寄りだ。堤防が築かれ、破られるのをわしは見てきた。だが、ハウケ・ハイエンが神さまに与えられた知恵で計画し、皆さんのために役所の許可を得てくれたこの堤防が破れるのを、今生きている者たちが見ることはないだろう。そして皆さんが自分で彼に感謝することはなくとも、いつの日か皆さんの孫は、彼に栄誉の冠を捧げることを拒めはしないだろう！」

イェーヴェ・マナースはまた腰を下ろし、ポケットから青いハンカチを出して額から汗の粒を拭った。この老人は、今でも有能で清廉潔白《せいれんけっぱく》の士として知られていた。しかし集まった人びとは老人に同意したくもなかったので、またおし黙った。そこでハウケ・ハイエンが言葉を継いだ。しかし、彼が真っ青になったのにみなが気付いた。「ありがとう、イェーヴェ・マナースさん」と彼は言った、「あなたがまだこの場にいてくださり、発言してくださったことに感謝します。他の堤防委員の方々は、私の肩にのしかかっているこの新しい堤防の建設が、すでに後戻りできないものであるとだけ、承知して頂きたい。それを踏まえた上で、何をなすべきか、話し合いましょう！」

「話を聞こう！」と委員のひとりが言った。そこでハウケは新しい堤防の図面を机の上に広げ、話し始めた。「前に、どこから土を持ってくるのかと尋ねた方がいましたね。――見てください、砂州が浅瀬に突き出ているところでは、堤防の線の外側に細長く土地が残してある。そこからと、今の堤防に沿って伸びている砂州のうち、新しいコークの南北に当たる箇所から土が取れる。海の側にはしっかりとした粘土の層を作るにしても、陸地側や堤防の内部には砂を使ってもいいのだ！　――まずは測量士を呼んで、堤防の線を砂州に引いてもらわなくてはならない！　計画を練る段階で私を手助けしてくださった方が、適任だと思う。それから、粘土やその他の資材を運ぶため、二股の轅《ながえ》のついた、一頭立ての荷車を車作りの職人に注文しなければならない。水脈を堰《せ》き止めるため、また砂を使わなければならない陸側の部分をおさえるために、何百台分もの藁が必要になる。まだ何とも言えないが、おそらくこの低地で余る分よりももっと沢山になるだろう！　――まずは、これらのものをどうやったら調達できるか、話し合おう。それから、ここの西側の、海に向かっている水門も、有能な大工に建築を依頼しなければならない。」

集まった人びとは机の周りに立ち、ぼんやりと図面を眺めながらぼつぼつと話しだした。しかし、それも何か話さないといけないから話すという風でしかなかった。測量士を呼ぶという話になったとき、年少の者のひとりが言った。「堤防監督さん、よく考えてくださったんですよね、誰が適任か、ご自分が一番よくご存知なのでしょう？」

しかしハウケは答えた、「あなたも委員でしょう。私の意見ではなく、あなたの意見を言っていただけませんか、ヤコブ・マイエンさん。あなたの意見が優れていれば、私のは取り下げます！」

「ええ、まあ、その人で大丈夫なんでしょう」とヤコブ・マイエンは言った。

しかし年長の者のひとりは完全に納得してはいなかった。彼には甥がいて、測量にかけてはこれほどの者はこの低地にいたことがないと言われていた。堤防監督の父、亡きテーデ・ハイエンよりも上だという噂だ！

というわけで、ふたりの測量士について議論が起こり、結局ふたりに共同で仕事を依頼することになった。土運びの車、藁の調達などについても同じような調子で進み、ハウケは夜遅く疲れきって、その頃まだ乗っていた栗毛の馬で帰宅した。しかし、あのよく太って、気楽に人生を過ごしていた前任者から受け継いだ安楽椅子に座ると、もう妻も傍らにやって来た。「ハウケ、疲れたようね」と彼女は言い、ほっそりとした手で彼の額から髪を払った。

「少しね！」と彼は答えた。

「それで、うまくいきそう？」

「大丈夫だ」と彼は言い、苦々しく微笑んだ、「でも、私は自分で車を押さなければならないし、立ちふさがる者がなければそれだけで幸いと思わなければならない！」

「でも、全員反対ではないでしょう？」

「いや、エルケ。おまえの名付け親のイェーヴェ・マナースさんは素晴らしいひとだ。あと三十歳若かったらよかったのに。」


数週間後、堤防の線が引かれ、注文した荷車も大分集まったところで、新しい堤防内のコークに土地の権利を持つ者、そしてまた旧堤防内に土地を所有している者たちもすべて、堤防監督に呼び出されて教会わきの居酒屋に集まった。仕事と資金との負担をどう分配するか、計算を示して、反対意見があれば聞こうということだった。というのも、旧堤防内に土地を持つだけの者も、新しい堤防と水門が旧堤防の維持費を軽減する分だけ、負担が必要になるからだった。この計算はハウケにとって骨の折れる仕事だった。長官の取次ぎで堤防監督付きの使者と、そのうえ書記まで配属されたのでなかったら、毎日夜遅くまで働いてもこんなに早く仕事を終らせることはできなかっただろう。

死にそうに疲れてベッドにたどり着くと、妻もかつてのように眠ったふりをして待っていたりしなかった。彼女もまた、毎日手いっぱいの仕事があり、夜は深い井戸の底のような眠りに沈みこんでいるのだった。

ハウケが計算書を読み上げ、みんなが前もって閲覧できるよう、もうここ三日の間この居酒屋に置いたままになっていた書類をまた机に広げると、そこにはこの緻密な作業に敬意を払い、静かに熟考した末、堤防監督の良心的な提案に賛同しようと考えるまじめな人びともいた。しかし、新しい土地の権利を自分で、あるいは父親かその他の前の所有者が売ってしまっていた人びとは、自分たちに関係がない新しいコークの費用を負担するというのに不満だった。しかしその人たちは、新しい事業によって自分たちの古い土地にかかる負担が次第に減っていくということを忘れていた。また別の人たちは、新しいコークに持っている土地を手放したい、安くてもいい、と叫んだ。その土地のせいでこんな費用が降りかかってきては、割に合わないというのだった。苦々しい顔つきで戸口にもたれていたオーレ・ペータースは、こう叫んだ。「みんな、まずよく考えてから、堤防監督さまを信頼申しあげるといい！　あの方は計算が上手でいらっしゃる。もとから一番たくさん配分を持っていたのに、おれの分までまんまと買い占めて、そうしておいてから新しいコークを堤防で囲もうと決めたわけだ！」

この言葉を聞いて、集まった人びとの間に死のような静寂が広がった。堤防監督は書類を広げた机の前に立っていた。彼は頭を上げ、オーレ・ペータースの方を見やった。「オーレ・ペータース、わかっているね」と彼は言った、「それは中傷というものだ。それでもそんなことを言うのは、身に覚えのない汚れでも、一度なすりつけられれば完全に振り払うことはできないと知っているからだろう！　本当のところ、きみは自分の配分を手放したがっていて、私の方はちょうど羊の放牧のために土地が必要だったのだ。もしもっと知りたければ言うが、きみが居酒屋でもらした汚い言葉、私が妻のおかげで堤防監督になっただけだという言葉が、私を奮い立たせたのだ。私は、自分自身の力で堤防監督となることができるということを、きみたちに見せたいと思ったのだ。だから、オーレ・ペータースよ、私はもう先代の堤防監督がやるべきだった仕事を果たしたのだ。きみの昔の配分が私のものになったことで恨んでいるなら――聞こえただろう、仕事が多すぎるからといって、自分たちの配分を安く売ろうという人たちは山ほどいる！」

集まった人びとのうちごくわずかが、喝采のつぶやきをもらし、間に立っていたイェーヴェ・マナース老人が叫んだ、「ブラヴォ、ハウケ・ハイエン！　神さまがおまえの仕事を成就させてくださるだろう！」

しかし、オーレ・ペータースが口をつぐみ、みんな夕食の時間まで頭を突き合わせていたというのに、話し合いは終わりにならなかった。二度目の集会ですべてが決まった。それも、ハウケが自分に割り当てられた三台の荷馬車だけでなく、来月にはもう一台負担しようと約束してやっと収まったのだった。

ついに、聖霊降臨祭の鐘が鳴り響くころになって、工事が始まった。荷車は絶えず砂州から堤防の線に向かって動き、運んで来た粘土をひっくり返して落す。同様に、同じ数の荷車が堤防から砂州へ、新しく荷を積みに帰って行く。堤防の線のところにはシャベルや鋤《すき》を持った男たちが立って、落された粘土を然るべき場所に積んで平らにした。途方もない量の藁が運ばれ、車から下ろされた。藁は砂やさらさらとした土など、堤防の内側に使う軽い素材を覆うためだけに使われたのではなかった。次第に堤防の一片が出来上がると、その上に敷いた芝草を浸蝕する波から守るため、所々藁で覆ってしっかりとした縄で押さえた。雇われた監視人が歩き回って、嵐が来れば裂けるほどに大口を開け、雨風の中へと指示の声を飛ばすのだった。その間を堤防監督が白馬に乗って通った。今ではこの馬にしか乗らなくなっていた。彼が手早く簡潔に指示を出すとき、労働者を褒めるとき、そしてまた、そういうこともあったらしいのだが、怠けている者や不器用な者に容赦なく仕事をやめさせるとき、馬は乗り手と一緒にあちこちを飛び回った。「それではだめだ！」と彼は叫んだ、「おまえが怠けたせいで、堤防が崩れたりしてはならないんだ！」ハウケがコークから上って来ると、彼の馬の鼻息が遠くから聞こえ、皆はこれまでよりも熱心に仕事にかかった。「とりかかれ！　白馬の騎手が来るぞ！」

朝食の時間に、労働者たちがパンを手にあちこち固まって地面の上に寝そべっている間、ハウケは人のいない工事現場を馬で回り、いいかげんな手が鋤を使った箇所があると鋭い目で見抜いてしまった。彼が人びとの方へ馬を走らせて工事のやり方を説いて聞かせると、人びとは我慢強くパンを噛みながら彼を見上げた。しかし承諾の返事も、何か他の言葉も、彼らの口から聞かれることはなかった。あるとき、やはり朝食の頃、もう秋のことだった、堤防のとある箇所が特にきっちりと均《なら》されているのを見たハウケは、一番近くにいる人びとの群れに向かって行き、白馬からひらりと下り、明るい声で、こんなに立派な仕事をしたのは誰かと尋ねた。しかし人びとは彼を恐ろしげに暗い目つきで眺めるばかりで、やっとのことで嫌々ながらいくつかの名前を挙げるのだった。子羊のようにおとなしく立っている馬をあずけられた男は、両手で手綱を持ったまま、いつものように主人の方を見ている馬の美しい目をこわごわと眺めていた。

「マルテン！」ハウケが呼んだ、「どうしたんだ、雷にでも遭ったみたいにびくびくして？」

――「旦那、旦那の馬が、あんまり静かで、何かたくらんでるみたいなんで！」

ハウケが笑って、自分で手綱を取ると、馬はすぐに優しく彼の肩に頭を擦りつけた。労働者たちの何人かは、おそるおそる馬と乗り手とを眺めていたが、他の人たちはそしらぬ顔で黙々とパンを噛み、時折り鷗たちにかけらを投げてやっていた。鷗たちはもう餌場を覚えていて、細長い翼で人びとの頭近くまで下りて来るのだった。堤防監督はしばらくの間、鳥たちが餌を乞い、飛んで来たかけらを嘴《くちばし》で受けとめる様子をぼんやりと眺めていた。それから彼は馬に飛び乗り、人びとの方はもう振り返らずに立ち去った。

人びとの間に湧き上がったいくつかの言葉が、彼には嘲《あざけ》りのように響いた。「どうしたことだ」と彼はつぶやいた、「エルケの言ったとおりなんだろうか。みんな私に反対なんだろうか。あの下男や貧しい人たちでさえ？　私の新しい堤防工事のおかげで、家計が潤《うるお》っているというのに？」

彼は馬に拍車をかけ、馬は狂ったようにコークへと駆け下りて行った。かつて自分のところにいた遣い走りの少年が、白馬の騎手に気味の悪い光を着せ掛けたことなど、彼は知らなかった。しかし今では、人びとはただ彼の痩せた顔から両目が光を放ち、マントがひるがえり、白馬が火花と輝くのを見るだけで充分だった！

――こうして夏と秋とは過ぎた。十一月の末まで工事は続けられたが、雪と寒気とが足止めをかけた。堤防は完成せず、新コークは海へと開いたままにしておくことになった。堤防は水面から八フィートの高さに聳えていた。ただ西側の、水門を設置すべき場所だけは開いていた。また、北側で古い堤防に接する辺りの水脈にもまだ手はつけられていなかった。これで上げ潮は、これまでの三十年と同じく、コークに入り込んでも土地や新しい堤防に大した損害は与えずに済むだろう。こうして偉大なる神に人間の手の業を委ね、春の日差しが完成を促すときまで、その保護のもとに置くこととなった。

——その間にも、堤防監督の家ではついに嬉しい出来事が成就しつつあった。結婚九年目にして子供が生まれたのだ。それは赤く、しわくちゃで、七ポンドもあったが、新しい命が女の子の場合にはこれが普通だった。ただその子の産声は妙に虚《うつ》ろで、産婆にはこれがどうしても気になった。しかし一番良くなかったのは、三日後にエルケが疑いようもない産褥熱《さんじょくねつ》にかかったことで、うわ言を言い、夫も昔からの家政婦もわからなくなってしまったのだった。子供を目にしたときハウケを満たした抑え難い喜びは、苦悩へと変わってしまった。町から呼ばれてきた医者は、枕もとに座って脈を取り、処方箋を書くと、途方に暮れたように辺りを見回した。ハウケは首を振った。「あの人ではだめだ、助けてくださるのは神さまだけだ！」ハウケには彼なりに数え合わせたキリスト教信仰があったのだが、それは祈りを押し留めるようなものだった。年取った医者が帰ってしまうと、彼は窓際に立って冬の景色を凝視していた。そして病人が熱に浮かされて叫び声を上げると、彼は手を組み合わせた。祈りのためか、それとも恐ろしい不安に我を忘れないためか、自分でもわからなかった。

「水！　水が！」と病人はすすり泣いた。「つかまえて！」と彼女は叫んだ、「ハウケ、私をつかまえてて！」それから声は沈んでいき、泣いているようだった。「海へ、外海へ？ああ、神さま、もうあの人に会えない！」

そこで彼は振り向いて、看護の女を枕もとから押しのけた。彼は膝をつき、妻を引き寄せた。「エルケ！　エルケ、わからないか、私はそばにいるよ！」

しかし彼女は熱に燃える目を開き、もう救いようもなく絶望したように辺りを見回した。

彼は妻を枕に寄せかけ、しっかりと手を組み合わせた。「主よ、わが神」と彼は叫んだ、「どうかこのひとを取り上げないでください！　あなたは、私がこのひとなしにはいられないとご存知です！」そこで彼は思い返した様子で、声を落して言葉を継いだ、「いつも望むがままにはなさることができないと、私もわかっています。あなたでさえ。あなたは全知でいらっしゃいます、あなたはご自分の叡智に従わなくてはならないのです——ああ、神さま、ほんのひと息でいい、私に答えてください！」

急に静けさが訪れたようだった。彼にはただ微かな息づかいが聞こえた。枕もとに戻ると、妻は穏やかに眠っていたが、看護の女は驚愕の眼差しで彼を見つめていた。ドアが閉まるのが聞こえた。「誰だ?」と彼は訊いた。

「旦那さま、女中のアン・グレーテが出て行ったところです。ベッドに行火《あんか》を入れに来たのです。」

――「レフケさん、どうして私をそんな目で見ているのです?」

「私? 私は、旦那さまのお祈りにびっくりしてしまって。それでは誰も死から救うことはできません!」

ハウケは彼女を鋭い目で見つめた。「あなたも、うちのアン・グレーテみたいに、オランダ人の繕《つくろ》い物《もの》屋のヤンチェのところへ祈禱会《きとうかい》にでかけるのかい?」

「はい、旦那さま、私たちには生きた信仰があります!」

ハウケは答えなかった。そのころ大きな広がりを見せていた分離派の祈禱会は、フリースラント人の間でも花開いていた。落ちぶれた職人や、酒のせいで辞めさせられた教師などがその中心人物で、小娘たち、老若の女たち、怠け者や孤独な者たちが熱心に秘密の集会に通っていた。そこでは誰もが牧師の役目を勤めることができるのだった。堤防監督の家からも、アン・グレーテと彼女に恋をしている遣い走りの少年とが休みの夕方に出かけていた。このことでエルケはハウケに危惧の念をもらしていた。しかし彼は、信仰については誰も人に口出しをするべきではなく、祈禱会に行っても誰も迷惑ではないし、酒を飲みに行くよりずっといいではないか、と答えたのだった。

それで何の咎《とが》めもなくそのままになっていたのであり、今度も彼は黙っていた。しかし彼のことは黙っては済まされなかった。彼の祈りの言葉は家から家へと伝えられた。あの人は神の全能を疑った、全能ではない神とは、いったい何だ？　あの人は神を否定したのだ。悪魔の馬の話も、結局のところ本当かもしれない！

ハウケはそんなことは何も知らなかった。この数日の間、ハウケの目と耳とは全て妻に向けられていた。子供のことさえ、すっかり念頭から消えていた。

年老いた医者がまたやって来た。彼は毎日、あるいは日に二度も来て、また一晩留まり、処方箋を書くと、下男のイヴェン・ヨーンスが薬局まで馬を飛ばすのだった。そのうちに医者は表情を和らげて、堤防監督に親しげに頷きかけた。「大丈夫だ！　大丈夫だ！　神さまのお助けで！」そしてある日――医者の腕が病気を負かしたのか、それともハウケの祈りに応えて神さまがどうにか逃げ道を考えてくださったのか——病人とふたりでいたとき、医者は彼女に話しかけた。彼の年老いた目は笑っていた。「奥さん、これで安心して、今日は医者にとっても祝日だと言うことができます。あなたの病状は芳しくなかった、でも今、あなたはまた、私たち生者の仲間となったのです！」

すると彼女の濃い色の目から海のような輝きがほとばしり出た。「ハウケ！　ハウケ、どこにいるの？」と彼女は呼んだ。そしてその明るい呼び声に、彼が部屋へ、枕もとへと飛んで来ると、彼女はその首をかき抱いた。「ハウケ、あなた、助かったの！　あなたと一緒にいる！」

そこで年老いた医者はポケットから絹のハンカチを出し、額と頬とを拭って、頷きながら部屋を出ていった。

——それから三日目の晩、ある敬虔な話し手が——それは堤防監督に仕事を追われた室内履き作りの職人だったが——オランダ人の裁縫師のところの祈禱会で神の性質について語り、こう言った、「神の全能を否定する者、あなたは望むがままにはおできにならないと知っておりますなどと言う者は、——誰のことだか、私たちは皆知っていますが、その不幸な者は村に岩のごとくのしかかっています――その者は神から離れ、神の敵、罪の友に慰めを求めたのです。何かしらの支えを、人間は必要とするからです。あなたがたは、このように祈るものに気をつけなさい！　その祈りは呪いである！」

――これも家から家へと伝わった。こんな小さな村で、伝わらない話があるだろうか。そうしてハウケの耳にも入った。彼はこれについて何も言わず、妻にもひと言も話さなかった。ただ、時折り彼女を激しく抱き寄せるのだった。「私を捨てないでおくれ、エルケ、私を捨てないでおくれ！」――すると彼女の目は本当にびっくりして彼を見上げた。「捨てるなですって？　あなたを捨てて、誰に尽くせって言うの？」――しばらくして、彼女も彼の言葉を理解した。「ええ、ハウケ、ふたりとも、忠実でいましょうね。お互いに必要だからだけじゃなく。」そしてふたりはそれぞれの仕事に戻って行った。

それだけならまだよかった。しかし活発に仕事をしていても、彼には孤独が付きまとっていた。そして彼の心は他の人びとに対する敵対心に蝕《むしば》まれ、閉塞《へいそく》していった。ただ妻に対してだけは昔のままで、子供の揺り籠のもとには朝夕膝をついていた。まるでそこに永遠の救いが宿っているかのように。使用人と労働者たちに対しては、さらに厳しくなった。不器用な者、そそっかしい者をかつては静かにたしなめていたのに、今では手厳しく責めて震え上がらせた。そこでエルケは時折りそっと波を鎮めに行くのだった。

春が近づくと、また堤防工事が始まった。これから建設する水門を守るため、堤防線の西にある穴の外側と内側に、半円状の仮の堤防を築いた。そして水門と同時に本堤防も段々と速度を上げて高く積み上げられていった。工事を指揮する堤防監督の仕事は楽にはならなかった。冬に亡くなったイェーヴェ・マナースの代わりに、オーレ・ペータースが堤防委員になったからだ。ハウケはそれを阻止しようとはしなかった。しかし妻の年老いた名付け親から度々受けていた励ましの言葉と、左肩を叩く優しい手の代わりに、今度はその後継者から密かな反抗と余計な反論とを受け、言わなくてもいい理由を述べ立ててこれを退けなければならなかった。というのも、オーレは村の重要な人物のひとりではあったが、堤防に関しては知識が浅かった。それに昔の「もの書きの奴隷」は相変わらず彼にとって目の敵《かたき》なのだった。

輝きわたる空が、また海と低地の上に広がっていた。そしてコークは再び隆々とした牛たちで賑やかな眺めとなり、そのうなり声が広々とした静けさを折々破るようになった。天高く雲雀たちが絶え間なく歌っていたが、それが聞こえるのはほんのひと息の間、歌が途絶えていた後だけなのだった。嵐が工事の邪魔をすることもなく、仮の堤防に守られる必要はたったの一晩もなく、白木の角材を組んだ水門はしっかりと立った。新しい堤防に、神のご加護があるように見えた。エルケの目も、外の堤防から白馬に乗って帰ってくる夫に笑いかけた。「おまえもいい馬になったね!」と彼女は言って、馬の艶々とした首を叩いてやった。ハウケの方は、彼女が子供を抱えていると、馬から飛び下りて自分の腕の中でその小さな者を躍らせるのだった。白馬がその茶色の目で子供を見ていたりすると、「おいで、おまえもこの栄誉に与《あずか》らせてあげよう!」と彼は言って、小さなヴィーンケ――という名前だった――を鞍に乗せ、土手の上で白馬をぐるぐると歩かせた。古いとねりこの木も栄誉に与った。彼は子供を大枝に乗せ、揺らしてやった。母親は戸口に立って、目で笑っていた。しかし子供は笑わなかった。きれいな鼻を挟んだその子の目は、少しぼんやりと遠くを見つめていて、その小さな手は父親が差し出した棒をつかもうともしなかった。ハウケはそんなことは気にもかけなかった。こんなに小さな子供のことなど、彼は何も知らなかった。ただエルケは、一緒の時期にお産をした手伝いの女が腕に抱えている明るい目の女の子を見ると、時折り胸を傷めたように、「うちの子はまだあなたの子に遅れているわね、スティーナ！」と言った。すると女は、手をつないでいる丸々とした男の子を揺すって荒々しく可愛がりながら答えた、「あら、奥さま、子供っていうのは色々でしょう。この子なんか、二歳になるかならずで、うちの貯蔵庫から林檎を盗んだんですよ！」そこでエルケは太った子供の目からくるくるとした巻き毛を払ってやり、自分の静かな子供をそっと抱きしめた。

——十月に入ると、西側には新しい水門が、本堤防にしっかと挟まれて建った。堤防は水脈のところの小さな穴だけを残して、海に向かってなだらかに傾斜し、通常の満潮よりも十五フィート高く聳えていた。北西の角からはイェヴァーの砂州をかすめて、広い遠浅の海が遮るものなく見渡せるのだった。しかしここでは風も強く、髪ははためき、ここから外を眺めようとする者は頭に帽子をしっかりと乗せていなくてはならなかった。

十一月の末、嵐と雨とが降りかかる頃には、旧堤防のすぐ際の裂け目を閉じるだけとなった。その底では北側から、海水が水脈を通って新しいコークに食い込んでいた。その両側には堤防の壁が屹立《きつりつ》していた。その間の奈落を塞がなければならない。晴れた夏の日なら、少しは楽だったかもしれない。それでもこの仕事は片付けなければならなかった。もし嵐が来たら、すべての労苦は無駄になってしまう。そこでハウケは、ここで最後の仕上げをしようと全霊を傾けた。雨が瀧《たき》のごとく降り、風が鳴っていた。しかし彼の痩せた姿と炎のように閃く白馬とはあちら、またこちらと、堤防の北の裂け目の上下で働いている黒い人波の間に浮かび上がった。今、彼は下の荷車のところにいた。遠くの砂州から粘土を運んできた荷車は、ちょうど何台もかたまって水脈のところに着き、荷物を下ろそうとしていた。打ち当たる雨と風のうなりを衝いて、堤防監督の鋭い指示の声が時折り聞こえた。彼は今日、自分ひとりで取り仕切るつもりだった。彼は荷車の番号を呼び、前に出ようとする車を押し留めた。「待て！」と彼の声が響くと、裂け目の底で仕事の手が止まった。「藁だ！　藁を一台分、下ろせ！」と彼が上にいる者たちに叫ぶと、待っていた車から藁が濡れた粘土の上に落ちて来た。下では男たちがこれに飛び掛り、引き千切るようにして広げ、上に向かって、生き埋めにしないでくれよと叫んだ。また荷車がやって来ると、今度はハウケはもう上にいて、白馬に乗って裂け目を見下ろし、シャベルを使ったり、土を落したりしている人びとを眺めた。それから彼は眼差しを海に投げかけた。風は鋭く、水の縁は堤防をひたひたと這い上がり、波はさらに高く打ちつけようとしていた。彼はまた、人びとが濡れそぼって、息もつけずにつらい労働をしているのを見た。口元から息を吹きさらう風、流れ落ちる冷たい雨の中で。「辛抱だ、みんな！　辛抱してくれ！」と彼は下に向かって叫んだ。「もう一フィートだけ、それでこの潮は大丈夫だ！」嵐の轟音の向こうから、労働者たちのたてる音が聞こえてきた。粘土がばしゃりと振り落とされる音、荷車のがたがたという音、上から落される藁のかさこそという音が、休みなく続いた。その合間に、時どき黄色い小犬の鳴き声が高くなった。その犬は、凍えながら迷い歩き、人と車との間で小突き回されていた。ふいに、この小さな動物の泣き叫ぶ声が裂け目の底から聞こえてきた。ハウケは下を覗き込んだ。彼はその犬が上から投げ落とされるのを見たのだ。彼の顔がさっと怒りに燃えた。「やめろ！　やめるんだ！」と彼は荷車に向かって叫んだ。濡れた粘土がどんどんと振り落とされていたからだ。

「何でだ？」と荒々しい声が下から叫んだ、「こんなみっともない犬のせいじゃないだろう？」

「やめろと言ってるだろう！」とハウケはまた叫んだ、「犬をこっちによこせ！　この仕事に、冒瀆は許さない！」

しかし誰も手を出そうとはしなかった。ねっとりとした粘土がまたシャベルに数杯、鳴いている犬のそばに落ちただけだった。そこでハウケが、白馬が叫び声を上げるほど激しく拍車をかけ、堤防を駆け下りると、皆はあとずさった。「犬を！」と彼は叫んだ、「犬をよこせ！」

彼の肩にそっと手を置いた者があった。イェーヴェ・マナース老人のように。しかし振り返ると、それは老人の友に過ぎなかった。「気を付けなさい、堤防監督！」と彼はささやいた、「この人たちに、あなたの味方はいません。犬は放っておきなさい！」

風がひゅうと鳴り、雨が打ちつけた。人びとはシャベルを地面に突き刺し、放り投げてしまった人もいた。ハウケは老人の方へ身をかがめた。「白馬を持っていてくださいますか、ハルケ・イェンス？」と彼は尋ねた。そして相手が手綱を手に取るが早いか、ハウケは裂け目に飛び込んで、すすり泣いている小さな動物を腕に抱え、ほぼ同じ瞬間にもう馬に乗り、堤防へと駆け上がった。彼の目は、荷車のそばに立っている男たちの顔をざっと見渡した。「誰がやった？」と彼は叫んだ。「誰がこの生き物を投げ落としたんだ？」

一瞬の沈黙が走った。堤防監督の痩せた顔からは怒りが火花と散った。皆は彼に対して迷信めいた恐れを抱いていた。そこへ、荷車から牛のように隆々としたうなじの男が飛び降りて彼の前に出た。「やったのはおれじゃあないよ、堤防監督さん」と彼は言って、巻いた嚙み煙草の端を嚙み切り、悠々と口に押し込んだ。「だが、やった奴は正しい。あんたの堤防が持ちこたえるには、何か生き物を埋めないと！」

――「生き物だって？　どこの教理問答にそんなことが書いてある？」

「書いてありゃしないよ、旦那！」とその男は答え、喉もとから不敵な笑いを飛ばした、「おれたちの祖父さんたちだって知ってたことさ、あんたと同じくらい信心深い人たちだったがよ！　子供のほうがいいんだが、子供がいなきゃ、犬でもいいのさ！」

「黙れ、そんなのは邪宗の教えだ」とハウケは怒鳴りつけた、「おまえを投げ込んだほうが、よっぽどいい詰め物だ！」

「おやおや！」という声が響いた。その声は十数人の口から一度に上がり、堤防監督は憎々しげな顔と握りこぶしとに取り囲まれているのに気付いた。ここには味方がいないことをひしひしと感じた。自分の堤防への思いが、驚愕となって襲い掛《か》かった。皆が今、シャベルを放り出したら、どうしよう？　――そして今、目を下に向けると、イェーヴェ・マナース老人の友が見えた。彼が労働者の間を回って、ひとりひとりに声をかけ、こちらには笑いかけ、あちらでは穏やかな顔で肩を叩いていると、やがてひとり、またひとりとシャベルを手に取って働き始めた。ほんの数秒で、仕事はまた完全に動き出した。――これ以上、何を望もう？　水脈は塞がれなくてはならないし、犬はマントの襞《ひだ》にしっかりとくるみ込んであった。さっと意を決して、ハウケは白馬を近くの荷車に向けた。「藁を角に運べ！」と彼が高飛車に命じると、下男は機械的に従った。やがて藁はかさこそと深みに落ちて行き、四方八方から手が伸びて、全員の腕が働き始めた。

あと一時間、こうして仕事が続いた。六時を過ぎて、深い闇が押し寄せていた。雨は止んでいた。そこでハウケは監視人たちを馬の回りに集めた。「明日の朝、四時に」と彼は言った、「また戻ること。まだ月が照っているだろうから、神さまのご加護で、仕上げをするとしよう！　それから、もうひとつ！」帰りかけた人びとに、彼は呼びかけた、「この犬を知っているか？」そして彼は震えている犬をマントから取り出した。

人びとは首を振った。ひとりが、「そいつはもう一日中、村で物乞いをしてましたよ。誰の犬でもありません！」と言った。

「じゃあ、私のだ！」と堤防監督は答えた。「忘れるな、明日の四時だ！」と言って、彼は馬を走らせた。

家に着くと、ちょうどアン・グレーテが玄関から出てきた。綺麗にしていたので、裁縫師の祈禱会へ行くんだな、と頭をよぎった。「前掛けを広げなさい！」と彼は呼びかけた。そして彼女が思わずそうしたので、粘土でどろどろになった小犬をそこへ投げ込んだ。「ヴィーンケのところに連れて行きなさい。友達にするように！　だが、先に洗って、温めてあげなさい。これでおまえも神さまをお喜ばせすることができる。かわいそうに、凍え死ぬところだったんだから。」

アン・グレーテは亭主さまに従わずにはいられなかったので、その日は祈禱会に出席しなかった。

翌日、新堤防は竣成《しゅんせい》した。風は凪《な》いでいた。鷗や千鳥が優美な線を描いて海と陸の上を飛び交っていた。イェヴァーの砂州からは、今日でもよく北海沿岸に集まる野鴨が、何千もの声を合わせてグルグルと鳴いていた。そして広々とした低地を覆い隠す白い朝霧から、金色の秋の日がゆっくりと立ち上り、人間の手の新しい業《わざ》を照らし出した。

数週間後、堤防監督長官とともに政府の特使たちが視察に訪れ、テーデ・フォルカーツ老人の葬儀以来の大きな祝宴が堤防監督の家で開かれた。堤防委員全員と、主な関係者が招かれていた。食後には客たちと堤防監督の車に一斉に馬がつながれ、エルケ夫人は栗毛の馬がもう蹄を鳴らして待っている二輪の軽馬車に、長官に助けられて乗り込み、長官は後から飛び乗って手綱をとった。堤防監督の賢い妻のために、長官は自ら馬車を走らせようというのだった。こうして賑やかに、土手から外の道へ、坂を上って新堤防へ、そして新堤防を伝って出来たてのコークをぐるりとひと回りした。途中で軽やかな北西の風が吹き寄せ、新堤防の北と西側では潮が上がってきていたが、穏やかな傾斜が波を柔らかくしているのは目に明らかだった。特使たちの口からは堤防監督への賛辞が湧き起こり、委員たちがそろそろと口にしていた懸念はすぐにかき消されてしまった。

——この日もまた過ぎた。しかし堤防監督はある日、黙々と自信に満ちた思いで新堤防に馬を歩かせていたとき、もうひとつの栄誉に与ることになった。自分がいなければ生まれ出ることのなかったこのコーク、彼の汗と眠れない夜とが注ぎ込まれたこのコークが、なぜ王室の王女のひとりに因《ちな》んで「新カロリーナ・コーク」と呼ばれるようになったのか、彼も疑問に思ったことがあったかもしれない。しかしこれはもう決まったことで、すべての必要書類にはこの名が書かれてあったたし、いくつかの書類には赤い飾り文字で書いてあった。今、彼が目を上げると、農具を担いだ労働者がふたり、互いに二十歩くらい離れて、彼の方に向かってくるのが見えた。「待てよ！」と後ろからくる方が叫ぶのが聞こえた。もうひとりは、——ちょうどコークへと下りる坂道に立って——叫び返した、「また今度だ、イェンス！　もう遅いからな、おれはここで粘土を固めなくちゃいけないんだ！」

——「どこでだって？」

「ここだよ、ハウケ・ハイエン・コークでさ！」

彼は坂道を下りながら、大声で叫んだ。まるでその下の低地中に聞こえよとばかりに。ハウケにはそれが、自分の栄誉を告げ知らせているように聞こえた。彼は鞍の上でさっと身を起こし、白馬に拍車をかけて、自信に満ちた目で左手に伸びる広大な風景を眺め渡した。「ハウケ・ハイエン・コーク！」と彼は小声で繰り返した。もう絶対に違う名前ではありえないような響きだった！　誰が何と言おうと、もう彼の名前は搔き消しようがなかった。王女の名は――もうすぐ古い書類に埋もれてしまうのではないか？

――白馬は誇らしげにギャロップした。彼の耳元では「ハウケ・ハイエン・コーク！ハウケ・ハイエン・コーク！」と響いていた。彼の心の中で、新しい堤防はまるで世界の第八の不思議のように思われてきた。フリースラント中どこにも、こんな堤防はない！彼は白馬を躍らせた。まるでフリースラント人すべての真ん中に立っているような心地がした。彼は皆より頭ひとつ分抜きん出ていて、彼の眼差しは鋭く、また憐れみをこめて人びとを見渡すのだった。

――やがて堤防の建設から三年が過ぎた。新しい堤防は真価を発揮し、修繕費はわずかで済んでいた。コークでは今や、ほぼ一面にクローバーが白い花を咲かせ、堤防に守られた牧草地を歩けば、夏のそよ風が甘い芳香の束を運んでくるのだった。これまで計算上のものだった土地の取り分を現実のものとし、特定の地面をそれぞれの利権者に分けるときが来た。ハウケは怠らずに、前もってまた新しい権利をいくつか買い取っておいた。オーレ・ペータースは頑迷に指を動かさずにいたので、新しいコークには何も所有していなかった。配分の仕事は衝突や揉め事なしには済まなかったが、それでも事は収まった。この日も堤防監督にとっては過去の一日となった。

その後、彼は農場の主として、また堤防監督としての仕事のため、そしてまたごく身近な人びとのためだけに孤独に生きた。昔の友人たちはもうこの世にはいなかった。新しい友人を得ることは彼の性に合わなかった。しかし彼の家には平和が宿っていて、おとなしい子供もそれを破ることはなかった。その子はあまりしゃべらず、利発な子供によくある聞きたがりの質問なども滅多にせず、何か尋ねたとしても答えに詰まるようなものばかりだった。しかしその子の可愛らしく単純な顔には、ほとんどいつも満足の表情が浮かんでいた。遊び友達は二匹いて、それだけでその子には充分なのだった。その子が土手の上を歩くと、拾われた黄色い小犬がいつもまとわりついていたし、犬の姿が見えれば、小さなヴィーンケも遠くにはいないのだった。もうひとりの仲間は小さな鷗で、犬の名はペルレ、鷗はクラウスといった。

クラウスは、ある年老いた人間が農場に連れて来たのだった。八十歳のトリン・ヤンスは外堤防の小屋ではもう暮らしが立たなくなっていた。そこでエルケ夫人は、祖父の年老いた女中は自分たちのところでまだしばらくの夕べの時を静かに暮らし、立派な死に場所を見出すのがいいと考えた。そうして老女は、エルケとハウケに半ば強引に屋敷に連れて来られ、新しい納屋の北西の角にある小部屋に入った。堤防監督は、農場の拡大にともなって数年前にこの納屋を建てたのだった。女中たちが何人か、その隣に部屋をもらっていたので、夜には老女に手を貸すことができた。壁に沿って、彼女は昔からの家具を並べた。砂糖の木箱で作った箪笥《たんす》、その上には放蕩息子の帰還を描いた色鮮やかな二枚の絵、もうとっくに役目を終えた紡ぎ車、カーテンの仕切りのあるとても清潔なベッド、そしてその手前には亡きアンゴラ猫の白い毛皮を張った素朴な足台があった。しかし生きている動物も老女は持っていて、一緒に連れてきた。それが鷗のクラウスで、もう何年も彼女のところにいて餌をもらっていた。ただ冬になると他の鷗たちと一緒に南に旅立ち、海岸にニガヨモギが香るころになると戻ってくるのだった。

納屋は土手を少し下ったところにあった。老女は自分の窓から堤防の向こうの海を見ることができなかった。「監督、あんたはあたしを囚人みたいに閉じ込めちまったじゃないか！」と彼女はある日、訪ねてきたハウケに不平をたらし、曲がった指で向こうに広がっている牧草地を指差した。「イェヴァーの砂地はどこだい？　あの赤い牛の向こうか、それとも黒い牛の向こうかね？」

「イェヴァーの砂地に何の用だい？」とハウケは尋ねた。

――「イェヴァーの砂地なんて、どうでもいいのさ！」と老女はうなった。「でもね、あたしは息子がその昔、神さまのもとに召された場所が見たいんだよ！」

――「それが見たいのなら」とハウケは答えた、「とねりこの木の下に座るといい。海が見渡せるよ！」

「そうだね」と老女は言った、「そうだね、あんたみたいに足がぴんぴんしていたらね、監督！」

堤防監督夫妻の差し伸べた援助の手は、長い間こんな風にしか報われることがなかった。しかしふいに変化が訪れた。ある朝、ヴィーンケの小さな頭が半開きになったドアから彼女の部屋をのぞいた。「おや」と、木の椅子に座って手を組んでいた老女は呼びかけた、「何のご用だい？」

しかし子供は黙って近寄って来て、ぼんやりとした目つきで彼女を眺めるばかりだった。

「堤防監督のお子さんだね？」とトリン・ヤンスは尋ね、子供が頭を下げて頷いた様子だったので、すぐに言葉を続けた。「じゃあ、ここの足台に座んなさい！　これはアンゴラ猫だったんだよ――こんなに大きな！　でも、あんたのお父さんが殺しちまったんだ。まだ生きていたら、あんたを乗せて歩いたろうよ。」

ヴィーンケは黙って白い毛皮に目を向けた。そしてしゃがみこみ、子供たちが生きている猫や犬にするように、小さな手で毛皮を撫で始めた。「かわいそうな猫！」と彼女は言い、毛皮を撫で続けた。

「さあ！」としばらくして老女は言った、「もう充分だよ。あんた、座るだけなら今でもできるんだからね。もしかしたら、そのためにあんたのお父さんはこの子を殺したのかもしれないよ！」そう言って彼女は子供の両手を引いて持ち上げ、足台に乱暴に下ろした。その子が何も言わず、身動きもせずに座ったまま彼女を見つめるばかりなので、老女は首を振った。「主よ、あなたはあの人に罰をお与えになった！　そうだ、罰をお与えになったのだ！」と彼女はつぶやいた。しかしついには子供への憐憫《れんびん》の情が湧き上がったらしい。骨ばった手で子供の薄い髪を撫でると、子供の目からは気持ちよさそうな様子が見て取れた。

そのときから、ヴィーンケは毎日老女の部屋を訪れ、やがて自分からアンゴラ猫の足台に座るようになった。トリン・ヤンスは、いつも取ってある肉やパンの切れ端をこの子の手に握らせ、床に投げさせた。するとどこか隅の方から鷗が叫び、翼を広げて飛び出し、餌に飛びつくのだった。子供は始めびっくりして、飛びかかってくる大きな鳥に悲鳴を上げた。しかしやがてこれも慣れた遊びのようになった。子供がドアの隙間から頭をのぞかせただけで、鳥は彼女の方へと飛んで頭や肩に止まり、老女が助けに来てやっと餌やりが始まるようになった。トリン・ヤンスは、他の誰かが大事な「クラウス」

に手を伸ばしただけでも怒っていたのに、今は子供が段々と彼女から鳥を引き離して行くのを黙って忍んでいた。鳥は子供に捕まえられてもじっとしていた。子供は鷗を持ってあちこち歩き、前掛けに包み込み、土手の上で黄色い犬が彼女の周りを回って、妬《ねた》ましげに鳥に飛びかかろうものなら、彼女は「おまえはだめ、おまえはだめよ、ペルレ！」と叫んで、小さな腕を伸ばし、鳥を高々とかかげた。すると鷗は身を振りほどいて土手の上高く舞い上がり、今度は代わりに犬が甘え、飛び上がって、子供の腕に抱かれようとするのだった。

ハウケかエルケの目が偶然に、同じ弱みによってひとつの茎に結び付けられていることの奇妙な四葉のクローバーに止まることがあると、優しい眼差しが子供へと投げかけられた。しかし背を向ければ、彼らの顔にはただ苦痛だけが浮かんでいるのだった。ふたりの間にはまだ決定的な言葉が交わされていなかったので、それぞれがこの苦しみを孤独に背負っていた。ある夏の朝、ヴィーンケが老女と二匹の動物とともに納屋の前の大きな石に座っていたとき、両親が通りかかった。堤防監督は腕に手綱をかけ、白馬を引いていた。堤防に出かけるつもりで、牧草地から自分で白馬を連れてきたのだった。妻は土手の上から彼と腕を組んで下りてきた。日差しは暖かく照り、蒸し暑いほどで、南南東から時折り風が吹きつけた。子供はそこにいては居心地が悪くなったようだった。「ヴィーンケも行く！」と彼女は叫び、膝から鷗を振り払い、父の手を握った。

「では、おいで！」と彼は言った。

――しかしエルケは、「この風なのに？　この子は飛ばされてしまうでしょう！」と言った。

「しっかり抱えているよ。それに今日は空気も暖かいし、水も楽しげだ、水が踊っているのを見せてあげよう。」

そこでエルケは家に走り、子供のためにスカーフをもう一枚と帽子を持ってきた。「でも、雷が来るわ」と彼女は言った、「さあ、早く出かけて、すぐ帰って来てね！」

ハウケは笑った、「雷なんかにつかまったりしないよ！」そして子供を鞍の上に持ち上げた。エルケはまだしばらく土手の上に立ち、手で目にひさしをかけながら、ふたりが道を堤防に向かって駆けて行くのを見ていた。トリン・ヤンスは石に腰かけて、萎んだ唇でわけのわからないことをつぶやいていた。

子供は身動きもせずに父親の腕に抱かれていた。雷雨の前の重い空気に、息を詰めているようだった。彼は子供の方へと頭を下げた。「どうした、ヴィーンケ?」と彼は訊いた。子供は彼をしばらく見つめていた。「お父さん、」と子供は言った、「お父さんなら、できるでしょう? 何でもできるんでしょう?」

「何ができるんだって、ヴィーンケ?」

しかし彼女は黙っていた。自分でも何を訊きたかったのか、わかっていないようだった。ちょうど満潮だった。堤防に上ると、日光の反射が広々とした水面から彼女の目に差し込んだ。つむじ風が波の渦を巻き上げ、どんどんと新しい波が押し寄せ、音を立てて岸辺を打った。すると彼女が不安そうに、手綱を持った父の握りこぶしに小さな両手を巻きつけたので、白馬はひらりとわきに飛んだ。水色の目が驚き惑いながらハウケを見上げていた。「水よ、お父さん! 水!」と彼女は叫んだ。

しかし彼はそっと彼女の手を離して言った、「落ち着きなさい、お父さんと一緒だよ。水は何もしない!」

彼女は色の薄い金髪を額から払って、勇気を奮って海を見た。「なにもしない」と彼女は震えながら言った、「ううん、何もしちゃいけないって、言ってやって。お父さんならできるでしょう、そしたら何もしないわね！」

「それができるのは、私ではないのだよ」とハウケは真剣に答えた、「私ではなくて、今歩いているこの堤防が、私たちを守ってくれるのだよ。そしてこの堤防は、お父さんが考えて、造らせたものなんだ。」

彼女の目が彼に向けられた。言われたことがわからないかのように。それから彼女は目立って小さな頭を父親のゆったりとした上着に隠した。

「どうして隠れるんだい、ヴィーンケ？」と彼はささやいた、「まだ怖いのかい？」すると上着の襞から小さな震え声が答えた、「ヴィーンケは見たくないの。でも、お父さんは何でもできるんでしょう？」

遠雷が風に逆らってごろごろと鳴った。「おや？」とハウケは声を上げた、「来るな！」そして馬を帰り道に向けた。「お母さんのところへ帰ろうね！」

子供は深く安堵の息をついた。それでも土手に、そして家に着いてやっと、父親の胸から顔を上げた。エルケが部屋でショールや帽子を取ってやっても、彼女は母の前に棒のように黙って立っているだけだった。「さあ、ヴィーンケ」と母親は言って、子供をそっと揺すった、「大きな海は気に入った？」

しかし子供は目を大きく見開いた。「海はしゃべるの」と彼女は言った、「ヴィーンケ怖い！」

──「しゃべらないのよ、ざわざわしたり、音を立ててるだけなの！」

子供は遠くを見つめた。「足があるの？」と子供は訊いた、「堤防を乗り越えて来るの？」

──「いいえ、ヴィーンケ、お父さんが気を付けているから。お父さんは堤防監督なのよ。」

「そうね」と子供は言って、幼稚な微笑みを浮かべて手を叩いた、「お父さんは何でもできる──何でも！」そして急に、母親に背を向けて彼女は言った、「ヴィーンケはトリン・ヤンスのところに行く、あの人、赤い林檎を持ってるの！」

エルケは扉を開けて、ヴィーンケを出してやった。扉をまた閉めると、彼女はこれまで彼に慰めと勇気とを与え続けてきたその目に深い苦悩をこめて、夫を見上げた。

彼は手を伸ばして、彼女を抱きしめた。ふたりの間にはもう言葉はいらないかのようだった。しかし彼女はささやいた、「いいえ、ハウケ、言わせてちょうだい。長いこと待って、やっとあなたに生んであげられたあの子は、ずっと子供のままなのでしょう。神さま！　あの子は頭が弱い、それをあなたに一度言っておかないと。」

「もうとっくにわかっていたよ」とハウケは言って、引っ込めようとする妻の手をしっかりと握りしめた。

「やっぱり私たち、ふたりきりだったのね」と彼女はまた言った。

しかしハウケは首を振った。「私はあの子が好きだ。あの子は私に腕を巻きつけて、しっかりと胸に抱きついてくる。どんな宝物より私には大事だ！」

妻は暗澹《あんたん》たる面持ちで空《くう》を見つめていた。「でも、どうして？」と彼女は言った、「この哀れな母が、いったい何の罪を犯したっていうの？」

――「ああ、エルケ、それは私も考えたよ、ただひとりその答えを知っていらっしゃる方に訊いてみた。だが、わかっているね、全能の神は人間に答えてはくれない――多分、私たちには理解できないから。」

彼は妻のもう一方の手も取って、彼女をそっと引き寄せた。「今と同じように、あの子をずっと迷わず愛し続けるんだ。あの子はきっとわかってくれる、そう信じて！」

そこでエルケは夫の胸に身を投げかけ、思い切り泣いて、もう独りで悲しむことはなかった。それからふいに彼に微笑みかけ、手をぎゅっと握ると、外へ駆けて行って、トリン・ヤンスの部屋から子供を連れてきた。そうしてその子を膝に乗せると、子供が言葉を詰まらせながら「お母さん、お母さん大好き！」と言うまで、抱きしめ、キスをした。


こうして堤防監督の屋敷では、人びとは静かに寄り添いあって生きていた。あの子供がいなかったら、随分寂しい思いをしたに違いない。

やがて夏は過ぎ去った。渡り鳥たちが通り過ぎ、空に雲雀の歌声は聞かれなくなった。ただ、籾《もみ》を打つ間に麦粒をついばむ鳥がいて、納屋の前から何羽か鳴きながら飛び立つのが聞こえることがあった。もう何もかも、固く凍っていた。ある日の午後、母屋の台所ではトリン・ヤンスのお婆さんが、かまどのわきから屋根裏へと上がる木の段に座っていた。この数週間の間に、彼女はまるで生き返ったようだった。今ではよく台所にやってきて、エルケが立ち働いているところを眺めていた。ある日小さなヴィーンケが彼女の前掛けを引っ張ってここへ連れて来て以来、足が悪くて来られないなどとは言わなくなった。今、子供は彼女の傍らにしゃがみこんで、かまどの穴からちらついている炎を眺めていた。その一方の手は老女の袖をつかみ、もう一方の手は自分の薄色の金髪に埋まっていた。トリン・ヤンスは物語った。「知ってるね、あたしはあんたのひいお祖父さんのところで働いていたんだよ、女中だったのさ、豚に餌をやらなくちゃならなかった。ひいお祖父さんは、誰よりも賢かった――あの頃、もうおそろしく昔のことだ、月の照っていたある晩、海に向いた水門を閉めてしまったのさ、それであれは海に戻れなくなってしまった。ああ、あれが叫んで、魚の手で自分の硬い乱れ髪をつかんだことといったら！　そうだよ、お嬢ちゃん、あたしはあれを自分で見たし、叫び声も聞いたのさ！　畑の間の溝は水でいっぱいで、月がそこに照ると、銀みたいに輝いてた。あれは溝から溝へと泳ぎ回って、腕を上げ、手のようなものを打ち合わせた。遠くからでもその音が聞こえたんだよ、まるで祈ってるみたいだった。でもね、お嬢ちゃん、こういうものたちは祈ったりできないのさ。あたしは家の前で、建物に使うんで運んできてあった木材に乗っかって、畑を見渡していた。人魚はまだ溝の中を泳いでいて、それが腕を上げると、それもまた銀やダイヤモンドのように光ってた。でもそのうちに見えなくなって、それまで聞こえていなかった野鴨や鷗が、鳴いたり、叫んだりしながらまた飛んでった。」

老女は口をつぐんだ。子供はあるひと言を捕らえていた。「祈ることができたの？」と彼女は訊いた、「何の話なの？　それは何だったの？」

「お嬢ちゃん」と老女は言った、「人魚だったのさ。それはね、化け物で、神さまのもとで幸せになることができないんだよ。」

「幸せになれない！」と子供は繰り返した。そしてまるでその意味がわかったかのような、深い溜め息が子供の胸を揺らした。

――「トリン・ヤンス！」と台所の戸口から低い声がして、老女は軽く首をすくめた。柱にもたれて堤防監督ハウケ・ハイエンが立っていた。「子供に何の話をしているんだ。おとぎ話は自分の胸に納めるか、あひるや鶏にでも話してくれと言っただろう？」

老女は彼を憎らしげに見つめ、子供を突き放した。「おとぎ話じゃないよ」と彼女はもごもごとつぶやいた、「あたしの大叔父さんが話してくれたのさ。」

ないか。」

——「あんたの大叔父さんだって、トリン？　さっきは、自分で見たって言ったじゃ

「どうでもいいのさ」と老女は言った、「あんたは信じないからね、ハウケ・ハイエン。あたしの大叔父さんを嘘つきにするつもりだろう！」それから彼女はかまどに寄って、穴の炎に手をかざした。

堤防監督は窓に目をやった。外はまだほとんど暗くなってはいなかった。「おいで、ヴィーンケ！」と言って、彼は自分の頭の弱い子供を呼び寄せた。「一緒においで、外の堤防から、見せたいものがある！　ただ、歩かないといけない。白馬は鍛冶屋《かじや》に行っているからね。」そして彼が子供と部屋に入ると、エルケは厚い毛織の布を子供の首と肩に巻きつけてやった。しばらくすると、父親は子供と一緒に旧堤防を北西に、イェヴァーの砂州を過ぎて、浅瀬が広く、見渡す限りに広がっているところまで歩いていった。子供を抱えたり、手をつないで歩かせたりしていると、薄闇が段々と下りてきた。遠くでは何もかも霧にぼやけて見えた。しかしまだ目の届くところでは、目に見えず上がってきている潮が氷を引き裂いていた。そしてハウケ・ハイエンがかつて少年時代に見

たように、氷の裂け目から煙のような霧が立ち、それに沿ってまた気味の悪い、ふざけたような姿が並び、互いに飛びかかったり、お辞儀をしたり、ふいにぶくぶくとおそろしげに膨らんだりしていた。

子供は不安になって父親にしがみつき、父の手で自分の小さな顔を覆った。「海坊主!」と子供は父の指の間からささやいた。「海坊主!」

彼は首を振った。「いや、ヴィーンケ、人魚でも、海坊主でもない。そんなものはいないんだ。誰がそんなことを言ったんだい?」

子供はぼんやりと彼を見上げたが、答えなかった。彼は子供の頬を優しく撫ぜた。「もう一度、見てごらん!」と彼は言った、「あれはただ、かわいそうなお腹の空いた鳥たちだよ! ごらん、今、大きいのが翼を広げているだろう。煙の立っている裂け目のところに集まる魚を、採っているのだよ。」

「魚」とヴィーンケは繰り返した。

「そうだ、あれはみんな、私たちと同じ生き物なんだよ。生き物の他には、何もいない。神さまだけは、どこにでもいらっしゃるけどね!」

小さなヴィーンケはじっと地面を見つめて、息を詰めていた。まるで深淵を前に驚愕しているようだった。しかしただ何となくそうしていただけかもしれない。父親は長いこと彼女を眺めていた。彼は身をかがめて、彼女の顔を覗き込んだが、閉ざされた魂は何の表情もそこに映し出してはいなかった。彼は彼女を抱き上げ、ちぢこまった小さな手を自分の厚い手袋の片方に差し入れた。「さあ、ヴィーンケ」――その子供は彼の声に込められた激しいほどの愛情を聞き取ることはなかっただろう――「さあ、お父さんのところであったまりなさい！　おまえはやっぱり私たちの子だ、たった一人の子だ！　私たちを、好きでいてくれるね……！」彼は声を詰まらせた。しかし子供は優しくその小さな頭を彼の荒い髭に押し付けた。

そうしてふたりは仲良く家に帰って行った。

新年が過ぎると、また新しい心配事が家に忍び込んできた。低地の熱病が堤防監督に襲いかかったのだ。彼もまた死の縁をかすめ、エルケの看病で再び立ち直ったときには、まるで別人のようになっていた。体の衰弱は精神にも影を落とし、エルケは彼が何事にもすぐ満足してしまうのが気がかりだった。それでも三月の終わりには、白馬に乗って久しぶりに堤防の上を駆けようという気持ちが高まった。それはある午後のことで、その前まで照っていた太陽は、もうとっくに濁った霞《かすみ》の向こうに沈んでいた。

冬には何度か高潮が来たが、大したことはなかった。ただ、対岸ではある小島で羊の群れがひとつ溺れ、砂州の一片が剝ぎ取られてしまった。こちら側の新しいコークでは、損害というほどのことは何もなかった。しかし昨夜はさらに強い嵐が吹き荒れたので、堤防監督も出かけて、自分の目ですべてを見回らなければならなかった。南東の角から新しい堤防を回って見たが、何もかも無事だった。しかし北東の角の、新堤防が旧堤防に突き当たるところまで来てみると、新堤防は無事だったが、旧堤防の方は、かつて水脈が当たって、そこから堤防に沿って流れるようになっていた箇所から、芝の覆いが大きく崩れ、剝がれ落ち、潮が堤防本体に穴を穿《うが》ち、その上そこから鼠の穴が縦横無尽に走っているのが見えた。ハウケは馬を下りて、損傷を近くから眺めた。鼠の害は、間違いなく見えないところにまで伸びていると思われた。

彼は激しく驚愕《きょうがく》した。新しい堤防を造ったときに、こういうことは注意しておくべきだったのに。あのとき見落としたのなら、今、手をつけなければ！　――家畜はまだ野に出ていなかった。草の生えるのが滅多にないほど遅れていた。どこを向いても、空虚で殺伐としていた。彼はまた馬に乗り、岸辺を行ったり来たりした。引き潮だった。海流が泥に新しい溝を刻み、今度は北西から旧堤防に当たっているのに彼は気付いた。新堤防の方は、穏やかな傾斜で突き当たる水にも耐えていた。

　堤防監督の心中には、新しい苦難と仕事の山が盛り上がって見えた。旧堤防はここを補強するだけではなく、新堤防の傾斜に合わせる必要があった。しかし何よりも、また現れた危険な水脈を新しいダムか垣根で他へ反らさなければならなかった。もう一度、彼は新堤防の上を北西の角まで進み、新しく刻まれた水脈の痕にじっと目を注いだまま、また戻ってきた。水脈は、むき出しになった泥の上にはっきりと記されて、彼の傍らに伸びていた。白馬は先へ走りたがり、鼻息荒く、前足の蹄を打ち付けた。しかし乗り手は馬を抑え、ゆっくり歩かせようとした。自分の心うちに沸き返る不安を抑えたくもあったのだ。

　また津波が来たら――一六五五年に数知れない人と財産とを飲み込んだような津波

が——、かつて何度もやってきたように、またやって来たとしたら！　——熱い戦慄が馬の乗り手に走った——旧堤防は、押し寄せてくるその圧力に耐えられないだろう！　そうしたら、そうしたらどうなる？　——旧コーク、そしてその内側の人と財産とをもしかしたら救えるのは、たったひとつの方法でしかなかった。ハウケは心臓が止まったように思い、いつもは冷静な頭がめまいを起こすのを感じた。口には出さなかったが、心の中ではっきりと声がした。おまえのコーク、ハウケ・ハイエン・コークは犠牲となり、新堤防は切り通さなければならない！

　彼の心眼にはもう、押し寄せる高波が流れ込み、草やクローバーを泡立つ塩水で覆うさまが見えていた。白馬の脇腹を拍車が衝き、白馬は叫び声を上げると、堤防の上を駆け、坂道を下り、堤防監督の土手めざして飛んでいった。

　心の慄《おのの》きと混沌としたいくつもの計画で頭がいっぱいになって、彼は家に着いた。安楽椅子に倒れこんだが、エルケが娘を連れて部屋に入ると、また立ち上がって子供を抱え上げ、キスした。それから黄色い犬を軽く叩いて追いやった。「もう一度、向こうの居酒屋に行かなければ！」と彼は言って、扉の鉤から掛けたばかりの帽子をまた取った。

妻は心配そうに見つめた。「何の用事なの？　もう夜になるわよ、ハウケ！」

「堤防のことだ！」と彼はつぶやいた、「誰か堤防委員に会えるだろう。」

こう言いながら彼はもう戸口から出ていってしまったので、彼女は彼を追いかけ、手を握った。何事も自分だけで決めてきたハウケ・ハイエンが、これまで意見を聞くほどの価値もないと思っていた人びとから、ひと言何か言って欲しいとあせっているのだった。居酒屋で、彼はオーレ・ペータースとふたりの堤防委員、それにコークの住人ひとりがカード遊びのテーブルを囲んでいるのに出会った。

「堤防から来たのかい、監督？」とオーレが言って、配りかけたカードを手に取り、また放り出した。

「そうだ、オーレ」とハウケは答えた、「堤防に行って来た、ひどい具合だ。」

「ひどい？　――土が何百台分かと、藁の土止めくらいはかかるかもな。おれも今日の午後、行ってみた。」

「そんなに安くは済まないだろう、オーレ」と堤防監督は答えた、「また水脈ができてる。旧堤防に北からは当たらなくなったが、今度は北西から当たっている！」

「もとあったところに、放っておけばよかったのさ！」とオーレは素っ気なく答えた。

「つまり」とハウケは答えた、「新しいコークはきみには関係がないということだな。だからどうなってもいいわけだ。それは自分のせいだろう！　だが、旧堤防を守るために垣根を造らなければならないとしたら、新堤防の中のクローバーがたっぷりと材料を提供してくれるだろう！」

「何だって、監督」と委員たちが叫んだ、「垣根だって？　どれくらい？　何でも一番高くつくようにしたがるんですね！」

カードはテーブルの上で触れられないままだった。「言いたいことがある、監督よ」とオーレ・ペータースは言って、両腕をテーブルについた、「あんたの新しいコークはおれたちを食い潰しちまう。いい迷惑だ！　おれたちはまだ、あんたのだだっ広い堤防のための出費を何とか取り戻そうと苦労しているんだ。それなのに、あの堤防が古い方のに食い込んでくるんで、そっちも新しくしなきゃならないときたら！　――幸い、そんなにひどいことになっちゃいない。今回も持ちこたえたし、まだずっと大丈夫だ！また明日、白馬に乗ってもう一度見てきてご覧よ！」

ハウケは平和な家庭からやって来たところだった。今聞いた、それでも控えめな言葉の裏には粘り強い反抗心があった。ハウケはそれに気付かずにはいられなかったが、それに対抗するほど自分がまだ回復していないのを感じていた。「言うとおりにしてみよう、オーレ」と彼は言った、「ただ、今日見たのと同じものを見るだけのように思うが。」

——一日が終ると、不安な夜が訪れた。ハウケは布団の中で眠れずに寝返りを打っていた。「どうしたの?」と夫を心配して眠れずにいるエルケが尋ねた、「心配なことがあるなら、言ってちょうだい。いつもそうしてきたでしょう!」

「何でもないんだ、エルケ!」と彼は答えた、「堤防の、水門のところを修理しなくちゃならない。こういうことは、いつも夜に考えを練ってきたじゃないか。」彼はもうそれ以上は言わなかった。彼は行動の自由を確保しておきたかった。自分でも気付かない間に、妻の明快な理解力と強靭な精神とが自分の弱っている今の状況では妨げであるように思われ、無意識のうちに避けてしまったのだ。

——翌日の午前、また堤防に上ると、世界は昨日見たときとは全く変わっていた。このときも潮は引ききっていたが、日は高く昇ろうとし、見渡す限りの浅瀬には明るい春の日差しがほぼ垂直に差していた。白い鷗がゆったりと行き交い、その上空では、目に見えずとも、雲雀たちが紺青の空にあの果てしない旋律を歌っていた。自然がその魅力で私たちの目を欺くことがあるなどとは知らないハウケは、堤防の北西の角に立ち、昨日あんなに驚かされた新しい水脈の溝を探した。しかし天頂から真っ直ぐに落ちる陽光の中で、彼は始めそれを見つけることもできなかった。眩しい光に、手を目の上にかざして初めて、見つけることができた。だが、昨日の夕方の光に錯覚を起こしたに違いない、そんなにくっきりとしてはいないではないか。暴き出された鼠の巣の方が、高潮よりも堤防に害を及ぼしたようだ。もちろん、改築は必要だ。しかし、注意して巣を掘り返し、それからオーレ・ペータースの言った通り、新しく土を盛って藁で押さえれば、損害はもと通りになりそうだ。

「そんなにひどくはない」と安心して彼はつぶやいた、「昨日は馬鹿なことをしたものだ！」――彼は堤防委員を招集し、補修工事は反対もなく決議された。そんなことはこれまで一度もなかった。堤防監督は、まだ弱っている体に安心が染み渡っていくような気がした。そして数週間の後には、工事はきれいに完成していた。

この年も過ぎて行こうとしていた。しかし過ぎて行くにつれ、そして藁の土止めの間から新しい芝が元気に伸びてくるにつれ、ハウケはこの場所を徒歩で、または馬に乗って、一層そそくさと通り過ぎるようになった。彼は目をそらし、堤防の内側の縁ぎりぎりに通り、そこを通る用事があったときにも、幾度かもう鞍を置いた馬を小屋に返したこともあった。しかしまた、何も用事のないはずなのに、ふいに急いで、誰にも見られずに自分の土手を抜け出そうと歩いて見に行くのだった。それでも彼はしばしば引き返してきた。あの不気味な箇所をもう一度見ることには耐えられなかった。まるで良心の呵責が姿となって現れたかのように、彼には堤防のこの場所が目の前にちらついて、両手でそれを引き千切りたい思いだった。しかしそれに手を触れることはできず、そして誰にも、妻にさえ、そのことは口に出せなかった。こうして九月が来た。ある夜にそれほど激しくもない嵐が吹き、最後に風が北西に変わった。翌日の曇った午前、引き潮の時刻に、ハウケは馬で堤防に出た。遠浅の海をざっと見渡したとき、彼の心臓は凍りついた。あそこ、北西の方から、また見えたのだ、一層鋭く深くえぐられた不気味な水脈の新しい溝が。どんなに目をそらそうとしても、もうできなかった。

家に戻ると、エルケが彼の手を取った。「どうしたの、ハウケ？」彼の暗い面持ちを見て、彼女は言った、「また何か悪いことでも？　今、こんなに幸せなのに。あなたもみんなと上手くいっているようじゃないの！」

この言葉を前に、彼は自分の混乱した怖れを口にすることができなかった。

「いいや、エルケ」と彼は言った、「誰も文句を言ったりはしていないよ。だが、村を神さまのお創りになった海から守るというのは、責任の重い仕事だ。」

彼は身をほどいて、愛する妻の問いを避けた。見回りをするようなふりをして、彼は家畜小屋と納屋に行った。しかし周りのものは何も見えてはいなかった。彼はただ、良心の呵責を静めようとし、病気のせいで行きすぎた心配をしているだけなのだと、必死に自分に言い聞かせていた。

――私が今お話しているのは》としばらく間を置いて先生は言った、《一七五六年のことです。この辺りでこの年のことが忘れられることは、決してないでしょう。ハウケ・ハイエンの家では死者がひとり出た。九月の末、納屋に設けられた部屋で、もう九十にならんとするトリン・ヤンスが死の床に就いていた。彼女の願いで、布団の上に身を起こすように寝かせ、鉛で縁取った小さな窓から遠くを見られるようにしてあった。空では空気の濃い層の上に薄い層が乗っていたらしい。というのも、蜃気楼が現れて、この瞬間に海が堤防の縁を越え、きらめく銀色の帯のように反射して、部屋に眩しく差し込んでいたからだ。イェヴァーの砂地の南端も見えていた。

ベッドの足元には小さなヴィーンケが座っていて、片方の手で傍らに立つ父親の手をしっかりと握っていた。死にゆく者の顔にはちょうど死相が現れ始め、子供は息を詰めて、美しくはないが慣れ親しんだ顔に不気味な、彼女には理解できない変容が訪れるのを見つめていた。

「何をしているの？　あれは何、お父さん？」と彼女は不安げにささやき、父の手に爪を食い込ませた。

「死ぬのだよ！」と堤防監督は言った。

「死ぬ！」と子供は繰り返し、混乱し始めたようだった。

しかし老女はもう一度、唇を動かした。「インス！　インス！」そして泣きながら、悲鳴のような声を上げ、骨ばった腕をきらめく海の反映の方へと伸ばした。「助けて！

助けて！　おまえは海の上だね……神さま、他の人たちに憐れみを！」

彼女の腕は沈み、ベッドが微かに軋む音が聞こえた。彼女は息をひきとった。

子供は深く溜め息をついて、薄色の目で父親を見上げた。「まだ死んでいるの？」と子供は訊いた。

「もう成し遂げた！」と堤防監督は言って、子供を抱き上げた。「お婆さんはもう遠くに行ってしまった、神さまのところへ行ったのだよ。」

「神さまのところへ！」と子供は繰り返し、その言葉をかみしめているかのように、しばらく口をつぐんでいた。「神さまのところは、いいの？」

「ああ、一番いいところだよ。」――ハウケの心の内には、死にゆく者の最後の言葉がずしりと響いていた。「神さま、他の人たちに憐れみを！」と心うちで声がした。「あの婆さん、どういうつもりだ？　死にゆく者は、預言者になるのか――？」

――トリン・ヤンスが高台の教会に葬られてすぐ、人びとは当時北フリースラントを騒がせた様々な災いや奇妙な害虫について噂しはじめた。四旬節の第四日曜日に、つむじ風が吹いて教会の塔の先から金の風見鶏が落ちたことは確かだ。真夏には空から虫が雪のように降って、目も開けていられないほどだった。虫はその後畑に手の幅ほども降り積もり、こんなものを見たことがある者はひとりもいなかった。これも確かなことだ。しかし九月も終って、下男頭は穀物を、アン・グレーテはバターを持って町の市場へ出かけたとき、帰ってきたふたりは恐ろしさに蒼白となって馬車から降りた。「どうしたの？　何があったの？」と車の音に飛び出してきた他の女中たちが訊いた。

アン・グレーテは旅装のまま、息もつかずに広い台所に入った。「さあ、話してよ！」と女中たちが呼びかけた、「いったい何が起きたの？」

「ああ、イエスさま、私たちをお守りください！」とアン・グレーテは叫んだ。「向こう岸の、煉瓦屋敷のマリーケンお婆さんを知っているでしょう？　私たちいつも、薬局の角で一緒にバターを売っているの。あの人がね、それにイヴェン・ヨーンスも言うの、災難が来るって！　北フリースラント中に不幸が訪れる、本当だよ、アン・グレーテ、って！　それから」――と彼女は声を低くして――「堤防監督の白馬は、やっぱり怪しいのよ！」

「しっ！　しっ！」と他の女中たちが言った。

――「あら、私は気にしないわ！　でも、向こう岸では、私たちのところよりひどいのよ！　蝿や、虫だけじゃないの、天から血の雨が降ったんですって！　そのあとの日曜の朝、牧師さまが洗面台に向かったら、青豆くらいの大きさの、死人の頭が五つも、入っていたそうよ！　それでみんな見に来たんですって！　八月には恐ろしい赤い頭の芋虫が這いまわって、穀物も、粉も、パンも、何でも片っ端から食べてしまって、火で焼いてもだめだったって！」

しかし、アン・グレーテはふいに口を閉じた。女中たちのひとりとして、主婦が台所に入って来たのに気付かなかったのだ。「何のおしゃべり？」と彼女は訊いた。「亭主さまに聞かれないように！」すると皆が一度に仔細を話そうとするので、「それには及びません。もう充分聞きました。さあ、仕事に戻って、その方が神さまのお恵みもあることでしょう！」そして彼女はアン・グレーテを部屋に連れて行き、一緒に市場での売上げを計算した。

こうして堤防監督の家では、迷信じみた噂は主人たちに受け入れられることはなかったが、他の家々では、夜が長くなるにつれ易々と浸透していった。どんよりと垂れこめた空気のように、それは皆の上にのしかかっていた。そして誰もが密かにつぶやくのだった。災難が、重い災難が、北フリースラントを襲うだろう、と。

それは十月、万聖節の前のことだった。日中は南西から嵐が吹いていた。夕方には半月がかかり、茶色の雲が飛びすさび、地上では影と薄明かりとが交錯していた。嵐は強まりつつあった。堤防監督の部屋にはまだ、食事を終えた夕食のテーブルがそのままになっていた。下男たちは家畜に目を配るよう、小屋に送られた。女中たちは母屋と納屋で、風が吹き込んでものを壊したりしないように、扉や窓がきちんと閉まっているかどうか見回っていた。家の中ではハウケが窓辺で、妻の傍らに立っていた。彼はちょうど急いで夕食を飲み込んだところだった。もう堤防には行ってきた。午後すぐに、徒歩で出かけたのだった。尖った杭と、粘土か土の入った袋を、堤防の弱そうな部分に集めさせておいた。高潮が堤防に食い込み始めたら、即座に杭を打ち込み、袋で塞ぐよう、随所に人を立たせた。新旧の堤防がぶつかり合う北東の角には、最も多く人を集めておいた。非常の事態の他は、決められた位置から離れてはならなかった。こう指示を済ませて、彼はほんの十五分ほど前、びっしょりと濡れ、髪を振り乱して家に帰り着いたのだった。そして今、鉛で縁取ったガラスをがたがたと揺らす風のうなりに耳を傾けながら、彼は茫然としたように、吹きすさぶ夜に見入っていた。壁の時計がガラスの向こうで八時を打った。母親の傍らに立っていた子供は、身をすくめて母の服に顔を隠した。「クラウス！」子供は泣きながら叫んだ、「クラウスはどこ？」

彼女がそう訊いたのは、あの鷗はもう去年も今年も冬の旅には出ていなかったからだ。父はその問いを聞き過ごしていた。母は子供を抱え上げた。「クラウスは納屋にいるの」と彼女は言った、「暖かくしているのよ。」

「どうして？」とヴィーンケは言った、「それでいいの？」

——「ええ、いいのよ。」

家の主人はまだ窓際に立っていた。「もう待ってはいられない、エルケ！」と彼は言った、「女中をひとり呼んでくれ、風で窓が割れてしまう、鎧戸を閉めないと！」

主婦の指図で、女中が飛び出して行った。部屋の中から、彼女の服がひるがえるのが見えた。しかし、鎧戸の押さえを外すと、風が女中の手から戸を吹きさらい、窓に叩きつけたので、ガラスが何枚か割れて部屋の中に吹き込み、明かりがひとつ、煙を上げて消えた。ハウケは自分で出ていって、助けなければならなかった。そしてやっとのことで順々に鎧戸が立てられた。ふたりが家に入ろうと扉を開けると、その背後から暴風が流れ込み、壁の戸棚でグラスや銀器がちりちりと鳴った。頭上では家の梁が揺れ、軋んだ。まるで嵐が壁から屋根を引き剝がそうとしているかのようだった。しかしハウケは部屋には入って来なかった。エルケは、彼が土間を通って家畜小屋へ向かう足音を聞いた。「白馬を！　白馬を、ヨーン！　急げ！」そう叫ぶ声を彼女は聞いた。それから彼は部屋に入って来た。髪は乱れていたが、灰色の目は燃えていた。「風向きが変わった！」と彼は言った。──「北西だ。半ば大潮だというのに！　風なんてものじゃない、──こんな嵐は初めてだ！」

エルケは蒼白になった。「それで、あなた、もう一度出かけるの？」

彼は彼女の両手を取り、引きつったように握りしめた。「行かなければならないんだ、エルケ。」

彼女はゆっくりと、濃い色の目で彼を見上げた。数秒の間、ふたりは見つめあった。

それでも永遠のように思われた。「そうね、ハウケ」と妻は言った、「わかってる、あなたは行かなくてはならない！」

そのとき戸口の外で足音がした。彼女は彼の首に抱きつき、一瞬の間、もう放しはしないという風に見えた。しかし、それも一瞬だった。「これが私たちの戦いなのだ！」とハウケは言った。「ここにいれば安心だ。この家まで高潮が来たことはない。祈っていてくれ、神さまが私にもついていてくださるように！」

ハウケはマントに身を包み、エルケは布を取って、丹念に夫の首に巻きつけた。一言口をきこうとしても、彼女の唇は震えていうことを聞かなかった。

外では白馬がいななき、それはうなる嵐の中へとトランペットのように響き渡った。エルケは夫とともに外へ出た。とねりこの大木が、裂けんばかりに軋んでいた。「乗ってください、旦那！」と下男が言った、「白馬が荒れてます、もう手綱を取られそうです。」ハウケは妻を抱きしめた。「夜明けには帰る！」

そしてもう馬に飛び乗っていた。馬は両前脚を上げ、戦場に出る軍馬の如く、騎手を乗せて土手を駆け下りた。暗闇と、風のうなりの中へ。「お父さん！　お父さん！」とか細い子供の声が後を追った。「お父さん！」

ヴィーンケは闇の中、駆け去る者の後を追って走った。しかし百歩も行かないうちに、土くれに躓《つまず》いて転んだ。

下男のイヴェン・ヨーンスが泣きじゃくる子供を母親のもとへ連れ戻した。彼女はとねりこの幹にもたれて、夫の消えていった闇に、魂の抜けたように見入っていた。その頭上では木の枝が鞭のように空を打っていた。風のうなりと遠い海の怒涛がふと止まったりすると、彼女は恐ろしさに身をすくめた。すべてが夫を落としいれようとたくらみ、彼ひとりを捕らえたならば、何もかもが突然に沈黙するだろうという気がしていたのだ。彼女の膝は震え、髪は風に解けてもてあそばれるままになっていた。「子供ですよ、奥さま！」とヨーンが呼びかけた、「しっかり捉まえていてください！」そして子供を母親の腕に押し付けた。

「子供？ ――忘れていたわ、ヴィーンケ！」と彼女は叫んだ、「神さまお許しを。」そして彼女は子供を腕に抱え上げ、ただ愛だけに可能な強さで抱きしめ、そのまま膝を落とした。「神さま、イエスさま、私たちを寡婦とみなし児にしないでください！ ああ神さま、あの人を守って、あなたと私の他に、あの人を知る者はいないのです！」そして嵐は休むことなく、うなり、怒号を上げ、世界中をこの大音響のもとに葬り去ろうとするかのようだった。

「家へお入りください、奥さま！」とヨーンは言った、「さあ！」そして彼はふたりを立ち上がらせ、家の中へ、部屋の中へと導いた。

——堤防監督ハウケ・ハイエンは、白馬に乗って堤防へと急いだ。この数日降りつづけたひどい雨のため、細い道は底なしにぬかるんでいた。しかし濡れて吸い付く粘土も、白馬の蹄を捕らえはしなかった。まるで乾いた夏の地面を踏んでいるかのようだった。雲は天上に荒れ狂っていた。その下には低地が、見極めのつかない、ざわざわとした影たちでいっぱいの荒野のように横たわっていた。堤防の向こうの水からは、段々と凄みを増しながら、他のものすべてを飲み込もうとするかのような鈍い響きが聞こえてきた。「前へ、白馬よ！」とハウケは叫んだ。「これより危険な道を行くことは、もうないだろう！」

そのとき、馬の足もとで断末魔の叫びのようなものが聞こえた。彼は手綱を引き、見回した。傍らの地面すれすれに、白い鷗の群れが半ば飛び、半ば飛ばされながら、嘲るような声を上げて流れていった。陸に逃げ込もうとしているのだ。その一羽が――月がさっと雲間からのぞくと――地面に踏み潰されていた。馬の乗り手は、その首に赤いリボンがはためいているような気がした。「クラウス！」と彼は叫んだ、「かわいそうに、クラウス！」

それは本当に娘の鷗だったのだろうか？　この鳥は、馬と騎手とを見つけて、かくまってもらおうと来たのだろうか？　――騎手にはわからなかった。「前へ！」と彼はまた叫び、白馬はもう新たに駆け出そうと蹄を上げた。そのとき嵐がふっと止み、死の静寂が辺りを支配した。それもほんの数秒、また嵐は勢いを新たに吹き荒れた。しかしそのとき、人間の声と鳴きまどう犬の声が、馬上の人の耳にも届いた。村を振り返ると、雲を破った月の光の中に、土手の上、家々の前に立つ人たちが見えた。彼らは高く荷を積んだ車の回りを忙しく動き回っていた。彼は、他にも車が高台へと走って行くのをさっと見てとった。暖かな小屋から高台へと追いやられる牛の鳴き声が耳を打った。「ありがたい！　家畜と自分の身を守ろうとしているのだな！」と彼は胸の内で叫んだ。すると今度は不安の叫びが胸に響いた、「私の妻は！　子供は！　――いや、いや、うちの土手まで水は上がらない！」

しかしそれもつかの間、すべては幻のように彼の中を飛び去った。

恐ろしい突風が海から吹き寄せてきた。それに逆らって、馬とひととは堤防への細い坂道を上がって行った。上に着くと、ハウケは馬を無理に押し留めた。海はいったいどこだ？　イェヴァーの砂州はどこに行ってしまったんだ？　向こう岸は？　――ただ盛り上がる水しか見えなかった。それは轟音を立てながら夜空に向かっていきり立ち、恐ろしい闇の中で高みを競いながら、続々と陸地に押し寄せていた。白い波頭《はとう》をもたげて、荒地の猛獣たちの叫びすべてを飲み込んだような咆哮《ほうこう》を上げながら、それは押し寄せた。白馬は蹄を打ち、この轟音の中へと鼻息をついた。馬上のひとは、これで人の手の業も尽きたかという思いに襲われた。今こそ、夜と、死と、無とがなだれ込んでくるのだ。

しかし彼は気を取り直した。これは津波なのだ、ただ、こんなのは彼もまだ見たことはなかった。妻も子供も高い土手の上、頑丈な家にいる。しかし、彼の堤防は――そこで誇りのようなものが胸をよぎった――人の言うハウケ・ハイエン堤防は、今こそ堤防とはどうあるべきか、世に示す時だ！

しかし――どうしたことだ？　――彼はふたつの堤防の角で止まった。ここで見張っているように言いつけておいた者たちは、どこだ？　――彼は北の旧堤防の方も見やった。そこにも何人か、立たせておいたはずだった。しかしこちらにも、あちらにも人影はなかった。しばらく北へ向かって馬を走らせたが、誰にも会わなかった。ただ風のうなりと怒涛とが、はかり知れない彼方から轟々と耳を打つばかりだった。彼は馬を返し、再び人気のなくなった角に立って、新堤防の縁に沿って目を走らせた。ここでは波がややゆっくりと、力を落しながら寄せているのがはっきりと見えた。水の様子があちらではまったく別物のようだった。「あの堤防は大丈夫だ！」と彼はつぶやいた。笑いのようなものが胸を込み上げてきた。

しかし、自分の堤防の線をさらにたどって行くと、その笑いは吹き飛んだ。北西の角に――あれは何だ？　黒々とした塊がうごめいていた。忙しく動きまわり、押し合っているのが見える――間違いない、あれは人間だ！　私の堤防で、今ごろ何をしようというのだ？　――と思うが早いか、白馬の脇腹に拍車がかかり、馬は人を乗せて飛んだ。

嵐が横手から当たり、時折り突風が激しく押し寄せると、堤防から新コークに吹き落されそうになった。しかし馬も人も、進む道を知り尽くしていた。ハウケにはもう、数十人の人が一緒になって懸命に働いているのが見え、そしてはっきりと、新堤防を横切って溝が掘られているのが見て取れた。彼は無理やりに馬を止めた。「やめろ！」と彼は叫んだ、「やめろ！　いったいどんな悪魔の仕業だ！」

堤防監督が急にそばに立っているのを見ると、彼らはびっくりしてシャベルを止めた。彼の言葉は嵐に運ばれて届き、何人かが答えようとしているのが見えたが、激しい身振りが見えるだけだった。彼らはみな左側に立っていたので、嵐が言葉をさらって行くのだった。風はときに人びとがよろめき、ぶつかり合うほどに強かったため、みなはぎっしりと固まって立っていた。ハウケは目を走らせて、掘られた溝と、新しい傾斜にもかかわらずもうほとんど堤防の高さにまで這い上がって、馬と人とを飛沫で濡らす水の高さを比べた。あと十分も働いていれば――彼にはそれがよくわかった――高潮は溝に流れ込み、ハウケ・ハイエン・コークは海に沈んでしまっただろう！

堤防監督は労働者のひとりを馬の反対側へと手招きした。「さあ、話せ！」と彼は叫んだ、「何をしているんだ、いったい何のつもりだ？」

その男は叫んだ、「新しい堤防を切り通すんです、旦那、古い方が切れないように！」

「何だって？」

――「新しい堤防を切り通すんです！」

「それでコークを水浸しにするつもりか？　――どこの悪魔がそんなことを言いつけた？」

「いいえ、旦那、悪魔じゃない、堤防委員のオーレ・ペーターースが来て、命令していったんで。」

怒りが馬上のひとの目に閃いた。「私を知っているか？」と彼は怒鳴った、「私のいるところで、オーレ・ペーターースに命令はさせない！　あっちへ行け！　言いつけておいた場所に戻るんだ！」

そして彼らが躊躇《ちゅうちょ》していると、彼は白馬を人の間に乗り入れて、「行け！　自分の婆さんか、悪魔の婆さんのところへでも行くがいい！」

「旦那、気をつけな！」と群れの中のひとりが叫び、狂ったように振舞う馬にシャベルを突きつけた。しかし蹄のひと蹴りでシャベルは飛び、別のひとりが地面に倒れた。そのとき群れの中から、死の不安だけが人の喉から絞り出すことができるような悲鳴が上がった。一瞬の間、誰もが、堤防監督と白馬でさえ、凍りついたようだった。ただひとりの労働者が、まるで道しるべのように腕を上げた。その腕はふたつの堤防の北東の角、新堤防が旧堤防に当たる箇所を指していた。嵐のうなりと水のざわめきしか聞こえなかった。ハウケは鞍の上で身を振り向かせた。何事だ？　彼は目を大きく見開いた。「神さま！　決壊だ！　旧堤防が決壊した！」

「おまえのせいだ、堤防監督！」人びとの間からひとつの声が起こった、「おまえの罪だ、神さまのみ前まで、引きずって行くがいい！」

ハウケの怒りに紅潮した顔は死者のごとく蒼くなった。それに注ぐ月光も、もうこれ以上蒼くはできなかった。彼の腕は力なく垂れ、手綱を持っていることも忘れてしまった。しかしそれも一瞬のことだった。もう彼は身を起こし、鋭い溜め息を吐いて、黙ったまま馬を返し、白馬は鼻息をつくと、人を乗せて東へと堤防を駆けた。乗り手の目はあたりを鋭く見回した。彼の頭の中では、思いが駆け巡っていた。いったい何の罪を、神さまのみ前にまで引きずって行けというのだろう？ ――新堤防を切り通すこと――多分、彼が止めさえしなければ、やりとおせたかもしれない、しかし――もうひとつあった。彼の心臓は熱くどきりと打った。よくよく承知のことだ――去年の夏、オーレ・ペータースの毒舌なんかに止められなかったら――そこだった！ 彼ひとりが、旧堤防の弱みを知っていたのだ、何と言われても新しい工事を始めるべきだったのだ。「神さま、告白いたします」と彼はふいに声を上げ、嵐に向かって叫んだ、「私は自分の職務をおろそかにいたしました！」

彼の左手では、馬の蹄の際まで、海が押し寄せていた。彼の前には、今やすっかり闇となって、土手や懐かしい家々のあるコークが広がっていた。微かな天の光は消え去っていた。ただひとつの場所から、明かりが闇に差し込んでいた。彼の胸に慰めが湧いてきた。あれは自分の家から来るのに違いない、妻と子供からの挨拶のようだ。ありがたい、ふたりとも安全な高い土手の上にいるのだ！ 他の人びとも、きっと高台の村に上った後だろう。あちらからは、これまでに見たこともないほどたくさんの光が差してくる。上空からも、あれは教会の塔に違いない、明かりが夜の中へと輝き出していた。「みんなきっと逃げられただろう、みんな！」とハウケはひとりつぶやいた、「いくつかの土手では、家が壊れているだろう。波にのまれた畑には、凶作の年が続くだろう。水門も水路も、修理しなくてはならないだろう！　だが私たちは耐えなくてはならない、そして私はみんなを助けよう、私につらくあたった人たちも！　ただ、神さま、私たち人間を憐んでください！」

そして彼は傍らの新しいコークに目をやった。その周りには海が泡だっていた。しかしその中は安らかな夜の眠りのようだった。思わず彼の胸に喜びの躍動が湧き起こった。

「ハウケ・ハイエン堤防は、ずっと大丈夫だ、百年経っても！」

足もとからの雷のような轟音に、彼はこの夢から揺り覚まされた。白馬は前に進もうとしなかった。いったい何だ？　――馬は後ろへ飛び退り、彼は目の前で堤防が崩れ、深みへと落ちて行くのを感じ取った。彼は目をかっと開き、もの思いを振り払った。彼は旧堤防の手前に立っていた。白馬はもう前脚を旧堤防にかけていたのだ。思わず彼は馬を後ずさりさせた。すると月を隠していた雲が飛び去り、水が泡立ち、しゅうしゅうと音を立てて、目の前から深淵へ、旧コークへとなだれ落ちて行く恐ろしいありさまを穏やかな光が照らし出した。

茫然とハウケはそれを眺めていた。これは、人も動物ものみ尽くす、大洪水だった。そこでまた、前と同じ光が彼の目を射た。その光は、彼の土手の上でまだ輝いていた。勇気を取り戻してまたコークを見下ろすと、目の前をなだれ落ちていく胸をかき乱すような渦の向こうには、ほんの百歩ほどの幅の土地が水に埋もれているだけで、その向こうにはコークから上がってくる道がはっきりと見えた。しかし見えたのはそれだけではない。馬車が、いや、二輪の軽馬車が、狂ったように堤防の方へ走って来る。女がひとり、それに子供まで乗っている。そして今――あれは、颪に飛ばされて来たのは、小犬の吼え叫ぶ声ではなかったか？　全能の神よ！　私の妻、私の子だ！　もう近づいて来た、渦巻く水が押し寄せて行く。ひとつの叫び、絶望の叫びが馬上のひとの胸からほとばしった。「エルケ！」彼は叫んだ、「エルケ！　戻れ！　戻れ！」

しかし嵐も海も、心を持ってはいなかった。轟音は彼の言葉を吹きさらった。嵐はただ彼のマントをつかんで、馬から振り落とそうとした。そして馬車は留まることなく、たぎり落ちる水へと突き進んでいった。そのとき彼は、妻が彼の方へと両腕を上げるのを見た。彼が見えたのだろうか？　彼への思いが、死の不安が、彼女を安全な家から駆り立てたのだろうか？　そして今――彼に向かって最後の言葉を叫んでいるのだろうか？　数々の問いが彼の脳髄《のうずい》を駆け巡った。しかし答えはなかった。彼女から彼へ、そして彼から彼女へ、言葉は失われて届くことがなかった。ただこの世の終わりのような轟音がふたりの耳を塞ぎ、他の音は入り込むことができなかった。

「私の子！　ああ、エルケ、ああ、誠実なエルケ！」とハウケは嵐に向かって叫んだ。そこでまた、目の前で堤防が大きく崩れて深みへと落ち、その後から海がごうごうとなだれ落ちた。もう一度、彼は馬の頭と馬車の車輪が荒れ狂う水の恐怖のなかに浮かび上がり、渦を残してその中に沈むのを見た。堤防の上にぽつりと残された、馬上のひとの硬直した目には、もう何も見えなかった。「終わりだ！」と彼は小さくつぶやいた。そして彼は、故郷の村を沈めようとしている水が足もとでざわざわと鳴っている、深みの縁へと馬を進めた。自分の家の明かりがまだ輝いているのが見えた。だが、それももう魂が抜けてしまっていた。彼は身を高く起こし、白馬の脇腹に拍車を当てた。馬は後脚で立ち、ひっくり返りそうになった。しかし主人の力がそれを押し戻した。「前へ！」

と彼は再び叫んだ、颯爽と駆け出すとき、いつもそうしたように。「神さま、私をお受けください、そして他の人たちをお助けください！」

もういちど拍車をかける。白馬の叫び声が、嵐と怒涛を越えて響いた。そして下の方から、瀧の如く流れ落ちる水に打ち当たる鈍い響き、短い戦い。

月が高みから見下ろしていた。しかしその下の堤防には、もう荒々しい水の他には生き物の姿はなく、やがて水は旧コークをほぼ完全に埋め尽くしてしまった。ハウケ・ハイエンの屋敷の土手はそれでもまだ洪水の上に聳え、そこからは明かりがもれていた。そして高台では次第に家々の灯も消え、教会の塔からただひとつの明かりが震える光を泡立つ波間に送っていた。》

語り手は沈黙した。私はもうずっと前から置いてあったグラスをつかんだ。しかしそれを口に持っていきはせず、手はテーブルの上に置いたままだった。

《これが、ハウケ・ハイエンの物語です》とこの部屋の主はまた言葉を継いだ、《私が知る限りではね。確かに、ここの堤防監督の家政婦なら、もっと違ったお話をしたことでしょうが。というのも、あの白い馬の骸骨が、洪水の後、以前と同じように月が照るとイェヴァーの小島に見えたっていう話もありましてね、村中が見たっていうんですよ。――確かなことは、ハウケ・ハイエンは妻と子供と一緒に、あの洪水で溺れ死んだってことです。あの人たちの墓さえ、私は高台の墓地に見つけられませんでした。遺体は、洪水が引いたときに堤防の切れ目から海に流れ出て、海の底ですっかり元素にまで解けてしまったんでしょう――これで、人びとから離れて、あの人たちも平安を見出したのです。でも、ハウケ・ハイエン堤防は、百年経った今でも立っています。明日、町へ行くのに半時間ほど遠回りしてもいいのなら、馬でその上を歩いて行けますよ。

イェーヴェ・マナースがかつて孫子の代に払われるだろうと言った感謝の意は、ご覧の通り、これを造った人に払われることはありませんでした。そういうものでしょう、ソクラテスには毒を飲ませたし、私たちの主、キリストは十字架にかけてしまった！こういうことは、近代ではもうそう簡単には起きませんが、乱暴者や、首根っこの盛り上がった悪どい聖職者なんかを聖人にしたり、あるいは優秀な人物を、ただ我々より頭ひとつ分抜きん出ていたばかりに、お化けや幽霊に仕立て上げたり――そんなことは今

でもあるのです。》
　このまじめな、小柄な人はこう言うと、立ち上がって外へと耳を澄ませた。《様子が変わったようですね》と彼は言って、毛織のカーテンを窓から払った。月明かりが皓々《こうこう》と差していた。《ごらんなさい》と彼は続けた、《委員たちが帰って来ますよ。でも途中で別れて、家に帰って行くようですね。――向こう岸で決壊があったらしい、水が引いていますよ。》
　私は彼の傍らから外を見た。ここの窓は堤防より上の位置にあった。彼の言うとおりだった。私はグラスを手に取り、残りを飲み干した。《今夜は、ありがとうございました！》と私は言った、《安心して眠れそうですね！》
《そうでしょう》と小柄な主人は答えた、《どうか、よくお休みください！》
　――階下に戻ると、廊下で堤防監督に会った。彼は居酒屋の部屋に置いてきた地図を取って、家に帰ろうとしていた。《終りましたよ！》と彼は言った。《でも、うちの学校の先生は随分ともっともらしいお話をしたことでしょうね。あの人は啓蒙家なんですよ！》

――《賢いお方だと思いますが！》

《ええ、確かに。でも、ご自分の目を疑うわけにはいかないでしょう。それに、向こう岸では、私の言った通り、堤防が決壊したんです！》

私は肩をすくめた。《一晩寝て考えることにしましょう！　お休みなさい、堤防監督さん！》

彼は笑った。《お休みなさい！》

――翌朝、延々と広がる嵐の爪あとを照らして、濁りない金色に輝く陽光を受けながら、私はハウケ・ハイエン堤防の上に馬を歩かせ、町へと向かった。

訳者あとがき

同じ小説でも、読むひと、読む年齢によってがらりと違う風景が見えてくることがある。ドイツの詩人であり、短編小説の名手としてよく知られているテオドール・シュトルム（一八一七〜一八八八年）の『白馬の騎手』について、先日ひとと話していたとき、そのことを強く感じた。子供のときに児童文庫版で読んだというあるひとは、堤防の裂け目に必死に手を当てるという悪夢にうなされたと言っていたし、ある年配のひとは、ハウケが中年になって気を緩め、大惨事を招くところに悲哀を感じると言った。訳者がこの作品を初めて読んだのは十七歳のときで、冴えた頭脳で怠けた大人たちに対抗するハウケは偉いと思ったような気がする。そして今、翻訳するためにじっくりと読んでみると、また全く違うものが見えてきている。

色々な読み方ができるということは、作品の奥の深さとか、人間観察の細かさということからくるものなので、優れた文学作品なら必ずといっていいほど、読み返すたびに新しく読める。しかし『白馬の騎手』の場合、作者であるシュトルムが特に枠物語という構造を仕掛けて、小説の中にいくつもの視点を作ってあるので、さらに複雑な印象が生まれるのだと思われる。

枠物語というのは、あるひとが語った物語を、その聞き手または読み手が伝える形である。『白馬の騎手』では、学校の先生が語るハウケの物語を、聞き手である旅人が書きとめ、さらにそれを子供の頃に読んだ老齢の「私」が語りなおすという構造になっている。学校の先生の話が、すでにハウケの肖像に額をつけたものだとすると、このハウケという人物像は三重の額縁に囲まれていることになる。

この枠に収められた物語には、ふたつの流れがある。そのひとつは、幽霊や悪魔の乗る白馬、海の怪物、人柱などについての北海沿岸の伝承である。怪談といえば、日本では夏のものだが、シュトルムの時代には秋から冬、女たちが集まって紡ぎ車をまわしながら、あるいは夜会に集まった客たちが暖炉を囲んで語ったもののようである。シュトルムも、子供時代から特に方言で語られるそうした民間伝承に親しみ、後には自ら怪談を書いている。小説の冒頭で白馬の騎手が現れる場面、また月夜の小島をさまよう幽霊馬の姿などは、彼がそうした不気味な世界に抱き続けた深い関心を表している。

これに対し、学校の先生は「頭のしっかりした人たち」から聞き集めた情報をつなぎ合わせ、合理的で現実的な物語を作り上げている。堤防を築いて海と戦いながら生きる北フリースラントの生活をリアルに、精確に描き出すため、シュトルムは実際の堤防監督から資料や古地図を借りたり、町の年代記を読んだりと研究を重ねた。シュトルムの故郷フーズムを中心とした低地北フリースラントでは、北海の遠浅の海に、十二世紀ごろにはすでに堤防が築かれ、人びとは土地の確保と拡大に努めてきた。しかし潮の流れと嵐の風圧とが重なると大津波が発生し、たびたび多くの人命が失われた。例えば、一三六二年の津波では七つの集落が丸ごと海に消え、一七一七年の「クリスマスの津波」ではオランダからフリースラントを経てデンマークに至るまでの海岸が被害を受け、死者一万人余り、家畜の被害十数万頭、倒壊した家屋は八千棟に及んだという。今日でも堤防はこの小説に描かれているのと基本的には変わらない方法で築かれている。海へとなだらかに傾いた斜面に藁を敷いてピンでとめ、草を生やし、羊に踏み固めさせる。波の激しいところには海中に杭を打って、垣根のようなものを作る。テトラポットでは、嵐のときに波で動いて堤防に当たる（！）ので、かえって危ないのだそうである。なかには外堤防のない小島もあり、大嵐が来ると土地全体は海に沈み、家の立つ土手だけが離れ小島となってぽつぽつと波に洗われる不思議な光景が、年に何度か見られるという。

このふたつの物語の流れ、民間伝承と緻密なリアリズムとをひとつの小説のなかで絡みあわせ、融合させることが、シュトルムにとって『白馬の騎手』の課題だった。小説の出版者ペーテルスに宛てた手紙で、彼は書いている。「これは危ない業だ、堤防やほかのことに関する研究のためだけではなく、堤防の幽霊を、地にしっかと足をついた立派な小説に仕立てるという難題なのだから。この作品は、十年前に来るべきだった。」高齢のシュトルムは、すでに病魔に冒されながらこの小説を書いていた。

相容れないふたつの要素を包み込んでいるのが、さきに述べた枠物語の構造で、複数の語り手がハウケについて伝わる様々なことについて考えようとしている。大学でカントなどの啓蒙主義の空気を吸った先生は、理知的なハウケを尊敬し、幽霊は完全に否定している。シュトルムが出版の直前に削った箇所では、先生は近所の変わり者が白馬の騎手だろうとまで言っている。聞き手である、おそらくまだ若い旅人は、先生の話を聞く前に白馬の騎手に遭遇している。「自分の目を疑うわけにはいかない」彼は先生の話を賢明だと思いながらも、中立の立場をとり、読者に判断をゆだねようとしている。最終的な語り手は、短い前置きの後に姿を消すように見える。しかし、先生の語る物語の合間から、ハウケへの尊敬とは相容れない観察がこぼれてくることがある。そのとき、先生とは距離を置いたもうひとりの語り手の意図が感じられる。ハウケは、本当に合理主義の英雄と言えるのだろうか。そういう疑問を感じさせる視点は、悪魔と取引して幽霊となったものか、近代的な堤防を作り出した偉人か、という選択を超えて、ハウケという矛盾した人間の悲劇を見つめようとしている。

ハウケという人物は、数学的な知性を持った人間として描かれている。しかしその一方で、彼には人間らしい感情とか欲とかが欠けていると思わせる場面が多くある。鴨の丸焼きが大好きなエルケの父とは対象的に、食事も五分で飲み込み、どうやら女性にも本来興味がない。父親でさえ、自分の農地が将来「生半可な学者と下男」では立ち行かないと考えたのは、息子ハウケが結婚して家庭を築くとは思えなかったからだろう。エルケと結婚はしても、彼女は女としてというよりも、共通の目的を持った同士のように扱われている。顔を合わせるのはほんのひととき、すぐに仕事を続けるためにふたりは離れてゆく。夜でさえ、エルケはベッドでむなしく待つか、疲れきって眠り込むばかり。「井戸の底に沈んでいるように」という言葉が、エルケの閉じ込められたような孤独を表している。ハウケにとってエルケとの結婚の目的は、幸福な家庭を築くことではなく、ともに堤防監督の仕事を全うすることなのである。「このためにこそ、神さまは私たちを一緒にしたのだと思う」と彼ははっきり言っている。エルケは必死に夫を支え、孤独に耐えている。しかしただ一度だけ、ハウケに返したひと言が、ふたりの関係を鋭くえぐっている。「私を見捨てないでおくれ」と言うハウケに、エルケは始め浮気を疑われているのかとびっくりするが、すぐに別のこと、仲間としての結束のことを言っているのだと気づいて、答える。「ええ、私たち、忠実でいましょうね。お互いに必要だからだけではなく。」必要というだけでは、愛しているとは言えない。エルケの返答は、相当な皮肉でないとすれば、切実な訴えだと思うのだが、ハウケは全く気づかない様子である。村でのハウケの孤独も、村人の無理解のせいというよりも、ハウケが初めから他人を必要と感じていないことから来ているように思われる。

生涯の目的であった堤防建設にも、微妙なひっかかりがある。そもそも少年ハウケが堤防監督になりたかったのは、旧堤防の弱点を見抜いていたからだ。いざ堤防監督となったハウケは、新しい堤防の建設に取りかかるが、しかし旧堤防がいつ決壊してもおかしくないことは、すっかり忘れ去ってしまったかのようだ。ただ、堤防建設のための集会でイェーヴェ・マナース老人が演説をする場面で、奇妙なことがおこる。老人が、自分はいくつもの堤防が決壊するのを見てきたが、ハウケの堤防は決壊しないだろう、と言い、村人のために苦労してくれたハウケに感謝しようと呼びかけると、ハウケはなぜかさっと青ざめるのだ。何か良心に痛みでも感じたかのように。心の底で、自分が旧堤防を見殺しにしようとしていることに、あらためて気づいたのかもしれない。あるいは、少なくとも、新堤防の計画を立てたのは村のためを第一に考えてではなかったということに。新しい土地の獲得という目覚ましい計画に乗り出したのは、堤防監督として認められたいという功名心のためだった。村を守る旧堤防を安全に改修するという、さらに大規模だが地味な計画は、そのためにどこかへ忘れ去られてしまった。

最後の大津波の場面でも、ハウケはなかなかそのことを認めようとしない。「オーレ・ペータースの毒舌なんかに止められなかったら」旧堤防の改修に取りかかっていたのに、と後悔はする。しかしそれ以前から、新しいハウケ・ハイエン堤防のために弱い旧堤防を放っておいたということは思い出そうとしない。それどころか、決壊した旧堤防を前にして、ハウケはなおも安全な新堤防を誇らしげに振り返る。

ハウケの自己満足を最後に打ち砕くのは、実に不思議な場面である。エルケがなぜ、安全な家を捨て、子供や犬までつれて海に向かったのか、その理由は合理的に説明しきれない。彼女の行動の意味は、「……たのだろうか?」という疑問形を重ねて、ぼかされている。轟音のなか、言葉をともなわないエルケの行動は、寓話のような雰囲気をたたえている。二輪馬車を駆る女性の姿は、ギリシア神話をも思わせる。最後の瞬間に手綱を引くのではなく、腕を広げて海に飛び込んでいくエルケは、陸に閉じ込められた昔話の人魚が、両腕を上げて海を求める姿にも重なる。「井戸の底」の孤独から、エルケは抜け出ようとしているのだろうか。

そしてハウケの死——彼は、妻の死に絶望したのだろうか。圧倒的な自然の威力に屈したのだろうか。それとも、自分の利己心に気付き、罪を認めたのだろうか。あるいは、彼もまた孤独から抜け出そうとしていたのか。自らをほかの人びとのために捧げることによって。

悲劇が終わっても、謎は解けない。冒頭の不気味な白馬の騎手の姿にぞっとしながら、自然とたたかって生きたハウケの孤独にも戦慄を覚える。ハウケの弱い面に気付きながらも、嵐の海辺を駆け巡り、白馬とともに海に消えるハウケには畏敬の念を覚える。読み返すたびに、北海の寂しい風景、激しい水の威力、海の幽霊たち、すべてがまた渾然と絡み合って迫ってくる。ハウケとエルケはなぜあのように生き、死んだのか、シュトルムはひとつの答えを与えようとはしていない。三人の語り手たちとともに、読者も考えていくことになる。年を経て、読みかえすたびに。

『白馬の騎手』は一八八八年に出版された直後から、北フリースラントの風景と切っても切れない物語として人びとの心に浸透している。今この新しい訳を手にとってくださった方にも、ハウケと北海の姿を心に描いていただけたら、幸いに思う。

二〇〇七年九月

高橋文子

Der Schimmelreiter
Theodor Storm

テオドール・シュトルム
1817年フーズム―1888年ハーデマルシェン。ドイツの詩人・小説家。『みずうみ』(1848年)、『水に沈む』(1876年)、『ドッペルゲンガー』(1886年)など、珠玉の短編小説を五十編以上著したほか、『炉辺にて』(1858年)などの怪談や童話ものこしている。

高橋文子
横浜生まれ。翻訳家。ゲーテ・インスティテュート東京および上智大学非常勤講師。訳書に『クレーの詩』(2004年平凡社)、『私、フォイアーバッハ』(2006年論創社)など。

白馬の騎手

二〇〇七年十月三〇日　初版第一刷印刷
二〇〇七年十一月一〇日　初版第一刷発行

著者　テオドール・シュトルム
訳者　高橋文子
装丁　野村浩
発行者　森下紀夫
発行所　論創社
東京都千代田区神田神保町二―二三　北井ビル
電話〇三―三二六四―五二五四　FAX〇三―三二六四―五二三二
振替口座〇〇一六〇―一―一五五二六六　http://www.ronso.co.jp/

印刷・製本　中央精版印刷

ISBN978-4-8460-0462-0